お葉の医心帖

有馬美季子

角川文庫
23908

目次

第一章　壊れた心

一

この世に清らかな流れの川などあるのだろうかと、お葉《よう》は思う。

長月《ながつき》（九月）に入ったばかりだが、夜風は既に冷たい。齢《よわい》十六のお葉は、橋の上から川を見下ろす。薄暗い中、川はどこまでも濁っているように見えて、その澱《よど》んだ底へと吸い込まれてしまいそうだ。

買い物を命じられ、奉公先の呉服問屋を出たまま、どうしても戻る気になれず、この時分まで彷徨《さまよ》っていた。京橋《きょうばし》からずいぶん歩いたような気がする。お葉は、自分が今いる場所がどこかはっきり分からない。でも、そのようなことはどうでもよい。どうせこの世は、どこも同じだと思うからだ。

暗い川面《かわも》を眺めながら、お葉は息をついた。

――私が虐《いじ》められるのは、私がみすぼらしいからだろうか。器量が悪いからだろうか。賢くないからだろうか。……それとも、それらすべてだからだろうか。

この四年の間、お葉は奉公先のお嬢様やお内儀様に、いびられ続けた。

美しいお嬢様は、お葉を嘲笑《あざわら》った。『お前なんか生きていたって仕方がない、なんの値打ちもない下女のくせに』と。そしてお嬢様は、お葉の母親の形見の櫛《くし》を割ってしまった。それと同時に、お葉の心もついに壊れた。

お葉は川を見つめ、ふと思う。この底には何があるのだろう、と。濁って見える川の中でも、この世に比べれば、遥《はる》かに澄んでいるのかもしれない。その時、川面に、亡き両親の笑顔が映ったような気がした。

お葉は川に飛び込んだ。

沈んでいく時、お葉は、優しかった父親と母親のことをぼんやりと思い出していた。

――お父つぁん、おっ母さん、もうすぐ私もいくからね。

胸の中で呟《つぶや》きながら、お葉の意識は次第に薄れていった。

植木職人の娘だったお葉は巣鴨《すがも》に生まれ、両親と慎ましくも幸せに暮らしていた。

ところが、今から四年前の文政《ぶんせい》二年（一八一九）に流行《はや》った痢病《りびょう》（赤痢）が、両親の命を奪った。この年は、多くの者が痢病に罹《かか》って亡くなったのだ。

お葉は流行り病を恐れながらも必死で両親を看病したが、その甲斐《かい》も虚《むな》しく、両親は一人娘のお葉を置いて逝ってしまった。

その時に診てもらった医者曰《いわ》く、お葉はもともと病に罹りにくい力を持っているようで、伝染《うつ》らずに済んだ。

だが、一人残されて、齢十二だったお葉は、どれほど心細かったことだろう。できる限りの看病をしたのに、両親を救えなかった無念の思いも、お葉を苛《さいな》んだ。

――病が憎い。私も罹ってしまえばよかった。……そうしたら、お父つぁんとおっ母さんと一緒に逝けたのに。

悲しみの淵《ふち》に沈みながらも、生きていくためには、お葉はこれからのことを考えなくてはならなかった。両親を診てもらった医者への薬礼も、まだ払う分が残っていたからだ。

親戚《しんせき》の者たちも暮らしに余裕がなく、お葉を引き取れる家はなかった。そこで、伯母《おば》夫婦に紹介してもらった大店《おおだな》の呉服問屋に奉公することになった。伯母から、薬礼の付けを払わなくてはならないので五年はただ働きになると説き伏せられ、お葉は少し長いような気もしたが、特に疑うこともなかった。亡き父親の姉である伯母は、お葉が小さい頃から親切にしてくれたがゆえに。

そして、その奉公先で、お葉はお内儀とその娘から、執拗《しつよう》に虐められることになった。

特に娘の多加代《たかよ》は意地が悪く、にやにやと笑いながら、お葉の容姿や生まれ育ちを蔑《さげす》むような言葉を、平然とぶつけてきた。両親を愛していたお葉にとって、育ちを蔑まれることが、最も堪《こた》えた。

多加代はお葉より一つ年下で、一人娘ゆえに幼い頃から蝶《ちょう》よ花よと育てられ、外面は姫のように麗しく淑《しと》やかだが、内面は鬼のように恐ろしく冷酷だった。

お葉は多加代から、水やお茶、味噌汁《みそしる》などを、いきなり顔にかけられたこともある。しかし奉公先の者たちは、誰もが見て見ぬふりだった。それどころか、年老いた下女に、このようなことを言われた。

——寝られるところがあって、毎日食べることができるんだから、我儘《わがまま》言ってはいけないよ。我慢するんだ。

行き場のないお葉は、微《かす》かに頷《うなず》くだけだった。後に分かったのだが、伯母夫婦は、どうやらお葉を呉服問屋へ売ったらしかった。付けの薬礼は、二年も働けば返せる程度のものだったのだ。それなのに伯母たちは、ただ働きの条件を五年とした。つまりは、残りの三年分のお葉の給金は、端《はな》から自分たちの手中にするつもりで騙《だま》したということだ。

それに気づいても後の祭りで、お葉は唇を嚙《か》んで耐えるしかなかった。

置いてあげるだけでありがたく思いなさいと、多加代だけでなく、お内儀の多加《たか》江《え》にもよく怒鳴られた。

親切だと思っていた伯母夫婦の仕打ちに、お葉はいっそう傷つけられた。裏切られたという思いで、血の繫《つな》がりがある者たちすら信じられなくなりそうだった。

多加江と多加代は、美しく利発な母娘《おやこ》として巷《ちまた》では評判だった。でも陰では、お葉を執拗に虐めた。誰も、彼女たちの優しげな面持ちの裏に、般若《はんにゃ》の顔が隠されているとは、思いもしないだろう。

多加代はお葉を見て、よく、くすくすと嘲笑っていた。多加江は、娘とお葉を比べては、お葉を蔑んだ。

お葉が唇を嚙み締め、悲痛な面持ちをしているのが、見ていて愉《たの》しかったのだろう。虐めは次第に激しくなり、多加代の友達も一緒になってお葉を傷つけるようになった。

不細工、うすのろ、貧乏人。多加代様の一つ年上のくせに、どうしてこうも違うのかしら。

悪意に満ちた言葉を、多加代とその取り巻きたちは嘲笑いながらお葉にぶつけた。お葉は胸をえぐられ続け、いつしか、笑うことがなくなってしまった。すると今度は、そんな仏頂面だとよけい不細工に見えると、意地悪を言われる。ある時、お葉は耐えきれなくなって、多加代を睨《にら》んだ。すると、多加代はお葉を怒鳴りつけた。

――なによ、その目は。下女のくせに。

そう言って多加代は、お葉の頰を思いきり叩《たた》いた。痛みと悲しみでお葉は思わず涙ぐんだ。するとそれが愉快だったのか、今度は言葉だけでなく叩いたり蹴《け》ったりの虐めも加わるようになった。

奉公先では誰にも相談ができず、多加代には逆らうことができず、お葉は一人で思い悩み、次第に気鬱《きうつ》になっていった。目に映るすべてのものが色褪《いろあ》せて見え、いつしか笑うことも泣くこともできなくなっていた。

植木職人だった父親の影響で、お葉も幼い頃から草花が好きだったが、その草花にも色がついていないように見えるのだ。お葉の心は痛み、壊れかけていた。

多加代はお葉に言い放った。

──あんたは私の下女なんだから、一生、好きなように使ってやるわ。楽しみにしていなさい。

多加代は呉服問屋の一人娘だ。他家に嫁ぐことはなく、婿養子を取ることになるだろう。ならば多加代の言葉どおりに、お葉は一生、下僕のように扱われ、虐げられるに違いない。行く末を考えれば考えるほど、お葉は何の希《のぞ》みも持てず、忍びなかった。

──これならば、死んだほうが幸せになれる。あの世で、お父つぁんとおっ母さんに会えるもの。

そのような思いを胸に、お葉は川へと飛び込んだのだった。


お葉が気づいた時には、小さな部屋で布団に寝かされていた。

頭が微かに痛み、目に映るものはぼんやりとしていたが、徐々に輪郭がはっきりとしてくる。見知らぬ男が、傍らにいることが分かった。齢《よわい》五十を過ぎているであろう男は、長い髪を後ろで結んだ総髪で、その髪には白いものも交ざっている。

無骨な雰囲気のその男は、お葉の額に手を当て、目を覗《のぞ》き込むように見て、呟《つぶや》いた。

「大丈夫みてえだな。よかったぜ」

お葉はゆっくりと瞬《まばた》きをしながら、茫《ぼう》と思った。

——助かった。……助かってしまったんだ。

そう気づいた途端に、胸が、握り潰《つぶ》されるかのように苦しくなった。

——どうして死ななかったんだろう。私は、お父つぁんとおっ母さんのもとへ行くことも許されないのだろうか。

悲痛な思いが込み上げてくる。男が話しかけた。

「どうだ。苦しかったり、どこか痛かったりしねえか」

お葉は虚《うつ》ろな目を男に向けた。

「まだ、話すことはできねえか。まあ、暫《しばら》くは、おとなしく休んでいろ」

男は立ち上がり、部屋を出ていった。襖《ふすま》が静かに閉められると、お葉は天井を眺めた。節が目立つと思いながら、不意に、涙が零《こぼ》れた。

声を出さずに、お葉は泣いた。だが、腕がまだしっかり動かず、涙を拭《ぬぐ》えない。

お葉は枕ではなく、手ぬぐいを何枚か折り畳んだものの上に頭を載せられていたので、それに頰を押し当てた。

少しして、男は水を持って戻ってきた。男はお葉の頰についた涙の痕《あと》に気づいたようだったが、何も言わなかった。

男は匙《さじ》で水を掬《すく》い、お葉に飲ませようとする。だが、お葉は顔を背けた。

「喉《のど》が渇いてねえのか。お前さん、丸二日、ずっと眠ったままだったんだ。水ぐらい飲んだほうがいい」

男は無理やり飲ませようとするも、お葉は口を開かない。

「心配するな。俺は道庵《どうあん》という、町医者だ。お前さんが川に飛び込んだ時、ちょうど近くで夜釣りをしていた。それで助けることができたって訳だ」

お葉は道庵を見た。口には出さなかったが、心の中で呟く。

――どうして、助けたりしたの。

今のお葉には、道庵に対して、感謝よりも責める気持ちしかなかった。

頑として口を開かないお葉に、道庵は溜息《ためいき》をついた。

「少し寝ていろ。後で薬を持ってくるから、それは飲んでもらわないと困るぜ」

言い残し、お葉の顔の傍に手ぬぐいを置いて、道庵は出ていった。

お葉はまだ手がよく動かず、その手ぬぐいに頬を押しつけた。再び涙が溢《あふ》れてきたからだ。

――私には、死ぬことすら許されないというの。

お葉は手ぬぐいを噛み、嗚咽《おえつ》するのだった。

また暫くして、道庵が薬を持って部屋に入ってきた。しかしお葉は顔を背けたま
ま、飲もうとはしない。道庵は息をついた。

「そんなことじゃ、よくならねえぜ」

お葉は口を固く閉ざし、歯を食いしばる。

「薬は嫌いって訳か。じゃあ、せめて少しは食ってくれ。俺が作ったから、あまり
旨《うま》くはねえだろうが。滋養を摂《と》ると思ってよ」

道庵は粥《かゆ》も用意していたが、お葉は食べる気など少しもない。強情なお葉に、道
庵は苦々しい顔になる。

「ところでお前さん、家はどこだい？　親御さんが心配しているんじゃねえか」

お葉の心が震えた。心配してくれる両親がいる家など、自分にはないからだ。そ
う思うと、お葉は自分がいっそう惨めになる。

顔を背けてしまったお葉に、道庵はしつこくは訊《き》かず、薬と粥を置いて出ていっ
た。

夜であることは、気配で分かった。ぞくぞくとした肌寒さを感じるのは、熱があ

るからかもしれない。お葉はそれでも薬を飲む気はなかった。死のうと思い詰めていたお葉だ。薬を飲んで具合をよくしようなどという気持ちは、さらさらない。

お葉は助かってしまった自分を憐《あわ》れみつつ、次第に眠りに落ちていった。

二

どこからか鶏の啼《な》き声が聞こえてきて、お葉は目を覚ました。

頭はまだ鈍く痛み、躰《からだ》が鉛のように重い。飛び込んだ時に、水をかなり飲んだのではないかと思われた。

お葉はふと、躰が元のとおりに動けるようになるか心配になったが、思い直した。

——私、莫迦《ばか》みたい。死ぬつもりだったから、あのようなことをしたのに、躰のことを気に懸けるなんて。……躰なんて、どうなったっていいのに。

躰が朽ちようが、寝たきりになろうが、構わないはずだ。それでも気になるというのは、まだ命があるからだろうか。

お葉は床に臥《ふ》したまま、部屋をゆっくりと見回す。すると襖の向こうから、道庵の低い声が響いた。

「入るぜ」

襖が開くと、お葉は目を瞬かせた。道庵の傍らに、彼より少し年下ぐらいの女が立っていたからだ。背筋がしゃきっと伸びたその女は、元気のよい声を出した。

「おはよう。私はお繁《しげ》って者で、産婆をしているんだ。道庵先生のこの診療所とは目と鼻の先なので、時々手伝いにきているんだよ。留守番を預かったりね。それでまあ、あんたが溺《おぼ》れかけた時も、先生に力添えしたって訳だ。着替えさせたりしたのは、この私さ」

お葉は急に恥ずかしくなり、頰を赤らめた。昨夜、意識が戻った時にはそこまで気が回らなかったが、今朝になって襁褓《むつき》があてられていることに気づいたのだ。どうやらそのようなことは、お繁がしてくれたらしい。

道庵が、ぶっきらぼうに言った。

「俺には頼みにくいことは、このお繁さんに言ってくれ。朝餉《あさげ》はお繁さんが作ってくれたから、俺のとは違って旨いぜ」

お繁は、お葉の枕元に目をやり、眉根《まゆね》を寄せた。

「あら、昨夜は食べなかったのかい？　せっかく道庵先生が作ってくれたっていうのに。薬も飲まなかったなんて、駄目じゃないか。そんなんじゃ、よくなるもんも、よくならないよ」

お繁はすっかり冷めてしまった昨夜の粥を退《ど》かし、新しい粥の椀《わん》を持って、お葉の傍らに座った。ほぐした鮭を混ぜた玄米の粥は、湯気を立て、美味《おい》しそうな匂いを放っている。

「心に元気がない時にはね、こういう食べ物がいいんだよ。心が元気になれば、躰もよくなるさ」

お繁は匙で掬い、お葉の口元に近づける。だが、お葉は顔を背けた。

「お腹が空《す》いてないのかい？」

お繁は怪訝《けげん》な面持ちで、お葉の額に手を当てる。

「少し熱があるみたいだね。先生、どうしましょう」

「昨夜から水も飲んでねえからな。いきなり粥は無理かもしれねえ。……おい、お前さん、今日は無理にでも薬は飲んでもらうぞ」

「では私が飲ませますよ」

お繁は道庵から薬を受け取り、お葉の口を開かせようとする。お葉はそれでも歯を食いしばり、口を頑として開かない。お繁は声を少し荒らげた。

「どうしてそれほど拒むんだい。これを飲まなければ、そのまま起き上がれなくなってしまうかもしれないんだよ」

お葉は顔を背けたまま、目に薄らと涙を浮かべる。頑《かたく》ななお葉に、道庵とお繁は顔を見合せる。お繁は左手でお葉の顎《あご》を摑《つか》み、右手で無理やり唇を開けようとしたが、お葉は必死に歯を食いしばった。

「ようやく意識が戻ったところだから、あまり乱暴にはするな」

道庵に注意され、お繁は手を緩めた。お繁は少し考えてから、お葉の鼻を摘《つ》まんだ。

「あんたみたいな聞き分けのない娘は、こうでもしないとね」

お繁は指に力を籠《こ》めるので、お葉は息苦しくなってくる。お繁の手を退かそうとしても、自分の手に力が入らず動かせない。暫《しばら》く我慢していたがついに息ができなくなり、お葉は口を開けてしまった。

お繁は素早く、煎《せん》じ薬《ぐすり》を匙で流し込み、お葉の口を押えた。お葉は噎《む》せそうになりつつも、飲み込むしかなかった。

加味帰脾湯《かみきひとう》という少し苦みのある薬が、喉《のど》を通り、胃ノ腑《ふ》へ落ちていく。お葉の目から、涙がほろりと零《こぼ》れた。

「どうして泣くのさ。道庵先生が作る薬は滅法効くって評判だからね。飲み続ければ、必ずよくなるよ。安心おし」

お葉は目を逸《そ》らし、洟《はな》を啜《すす》る。道庵が訊《たず》ねた。

「お前さん、なんて名だい」

お葉は答えない。道庵とお繁はまたも顔を見合せた。薄暗い部屋の中、沈黙が走る。

道庵は不意に、障子窓を開き、雨戸も開けた。朝の日差しが部屋に入り込んでくる。どこからか、ツグミの啼き声も聞こえてきた。

明るくなった部屋の中、微《かす》かな声が響いた。

「お葉……です」

障子窓を眺めていた道庵とお繁は、お葉に目を移した。道庵は、皺《しわ》が刻まれた目《め》尻《じり》を少し下げた。

「いい名じゃねえか。どんな字を書くんだ」

「葉っぱの葉、です」

「あんたに、ぴったりだね。爽《さわ》やかな感じでさ」

お繁も笑みを浮かべる。お葉はまたも伏し目になり、口を閉じてしまう。褒められても、どう答えてよいか分からない。

四年の間、しかも人生において最も多感であろう時期に、奉公先でいびられ続けたお葉は、人に対して素直になれなくなっている。人を素直に信じることができないのだ。

しかし、助けてくれた二人に、これ以上拗《す》ねた態度を取るのはさすがに傲慢《ごうまん》なのではないかと、お葉は思った。だから、せめて名前は告げた。

道庵たちは、お葉が言葉を発したので、ひとまずは安堵《あんど》したようだ。お繁が目配せすると、道庵は部屋を出ていった。その後、お繁はお葉の襦袢を取り替え、濡《ぬ》らして絞った手ぬぐいで躰を拭《ふ》き、寝間着を着替えさせた。お葉は抵抗があったが、躰がままならないので、頬を紅潮させながらも従うしかなかった。

「すっきりしただろう」

お繁に笑顔で訊ねられ、お葉は微かに頷《うなず》いた。

「ありがとうございます」

蚊の鳴くような声で、礼を伝える。お繁はお葉の肩をそっと撫《な》でた。

「体力つけなくちゃね。痩《や》せ過ぎだよ、ちょっと。……ほら、食べな。一口でいいから」

お繁は粥《かゆ》を匙《さじ》で掬《すく》い、お葉の口元に運ぶ。お葉は、今度は顔を背けず、食べた。粥は冷めてしまっていたが、すっと喉を通り、胃ノ腑に沁《し》みた。

お葉に食べさせながら、お繁は少し厳しい口調になった。

「ここはさ、診療所なんだよ。留《とど》まるには、本来、金子《きんす》を払わなければいけないんだ。だけれど道庵先生は、厚意であんたを置いてあげているんだ。あんたの弱っている躰《からだ》を、治してあげたくてね。だから、我儘《わがまま》は言うもんじゃない。先生に出された薬や食べ物は、ちゃんと喫することと。分かったね」

「……はい」

お葉はか細い声で答えた。

お繁は粥を残すことを許さず、すべて食べさせられた。彼女が作ってくれた鮭の玄米粥《がゆ》はよい味で、胃ノ腑にも優しく、量もそれほど多くなかったので、お葉は無理なく食べきれた。

お繁によると、道庵は齢《よわい》五十七の男やもめとのことだ。朴訥《ぼくとつ》な道庵は、《病は患者の心を見て治す》が信条で、ここ神田《かんだ》のあたりでは情に厚い腕利きの医者として知られているらしい。お繁の話によって、お葉は自分が今いるところが神田の須田《すだ》町《ちょう》だと分かった。だが飛び込んだのは、神田川ではなく、大川《おおかわ》だったようだ。

お繁は齢五十二で、数年前に夫と死別し、娘は二人とも嫁にいってしまったので、今は一人で暮らしているとのことだ。産婆の仕事を手伝ってくれる者はいるようだが、一緒には住んでいないという。予《かね》てより、道庵とは同志のような間柄らしい。

お繁はしみじみと言った。

「道庵先生が夜釣りをなさってて、本当によかったよ。あんたが飛び込んだのを見た先生は、すぐさま自分も飛び込んで、ずぶ濡れになって救ったんだ。その恩を忘れちゃ駄目だよ」

「はい」

お葉は微かに頷くも、心の中は複雑だった。助かって本当によかったのだろうか、と。

お繁が言うように、道庵は厚意で自分を助け、ここで養生させてくれているのかもしれないが、躰がよくなれば、ここを出て生きていかなければならないのだ。それは自分にとって、果たして幸せなことなのだろうかと、お葉は思う。

——もう奉公先には戻れない。これから先、どうやって生きていけばいいのだろう。

そのような不安が、お葉の心に伸《の》しかかってくる。面持ちを強張《こわば》らせるお葉を、お繁は冷静な眼差《まなざ》しで見つめた。

「道庵先生も若い頃は、やんちゃだったみたいでね。いろいろ苦労なさったようだから、情けが深いんだよ」

どんな苦労だったのだろうと思いつつも、お葉はお繁に訊《き》くことはなかった。

お葉は人参養栄湯《にんじんようえいとう》という薬も飲むことになった。滋養を躰の隅々にまで行き渡らせる薬とのことだ。

お繁はぽつりと呟《つぶや》いた。背中や脚にあった痣《あざ》が治ってきたね、と。その言葉が、お葉の胸に引っかかった。

――痣は、川に落ちた時にできたものと思われたかしら。それとも、誰かに叩《たた》かれたり蹴《け》られたりしてできたものだと……。

虐《いじ》められていたことに勘づかれるのは惨めなような気がして、お葉の面持ちはまた暗くなる。お繁はお葉の肩に手を当て、優しくさすった。

三

道庵の診療所の賑《にぎ》わいは、養生部屋で寝ているお葉の耳にも届いていた。

「先生、いつもありがとうございます」

「こちらのお薬は本当に効きますね」

礼を述べる患者の声が、よく響いてくる。ある時、男の患者との、このような遣《や》り取りが聞こえてきた。

「お手柔らかに頼むよ、先生」

「おう、ここに寝てくれ」

その後で患者の悲鳴が暫《しばら》く続き、お葉は身を竦《すく》めた。

——いったい何をやっているのかしら。

悲鳴が止むと、患者は満足げな声を上げた。

「いやあ、先生の按摩《あんま》はやっぱり効くねえ。腰の痛みがぴたりと治ったよ」

「そりゃよかった。無理するなよ」

「はい。……あの、それで」

「おう、付けにしとくぜ」

「先生、いつもすみません。日雇い仕事はやはり楽じゃねえんで。でも、これぐらいは受け取ってくだせえ」

「こりゃ旨《うま》そうだ。もらっとくよ」

「毎年この時季になると、女房の実家から送ってくるんですよ。こんなもんで、本当にすいません」

「いや、茄子《なす》ってのは滋養があって、躰の疲れを消すんだ。ありがてえ」

「先生にそう言ってもらえて、こちらこそありがてえよ」

お葉は床に臥《ふ》したまま、耳を澄ます。患者の男は、どうやら薬礼を茄子で払ったようだ。この男のほかにも、道庵に金ではなく物で払っている者がいることに、お葉は気づいていた。

――ちゃんとお金を稼げているのかしら。

心配になるも、患者は次々に訪れるので、どうにかやってはいけてはいるようだ。

――もしや、払えない人からは無理にお金を受け取ったりしないから、慕われているのかもしれないわ。……でも、そのような人って、本当にこの世にいるのかしら。

お葉の顔がふと曇る。亡くなった両親は別として、お葉が今まで出会ったのは、己の得になることしか考えていないような者たちが多かったからだ。親戚《しんせき》の人々も、奉公先の者たちも、物事を損得でしか計っていなかった。

それゆえお葉には、金の代わりに茄子を受け取ってありがたがっているような医者など、信じがたいのだ。

——何か、裏で悪いことをしているのかもしれないわ。それとも……真にお人好《ひとよ》しなのかしら。

お葉は、こうも思う。

——道庵先生は、何の得にもならないのに、私を置いてくれている。お繁さんも、何の得にもならないのに、私を世話してくれる。それが医者や産婆というものなのかしら。

親戚や奉公先の人々がお葉のことを蔑《ないがし》ろにしていたのは、優しくしても何の得にもならないと思っていたからであろう。

そのような者たちを見過ぎてしまったお葉の目には、道庵とお繁さえも、どこか疑わしく映るのだった。

正午を告げる時の鐘が響いてから少しして、お繁が部屋に入ってきた。

「先生は往診に出たから、留守番がてらお世話させてもらうよ」

お繁はお葉の襁褓《むつき》を取り換え、粥を運んできた。お繁は朝昼晩と、このように面倒を見てくれている。ここに運ばれて、意識が戻ってから四日が経つ。お葉は手を握って開いてを繰り返して、言った。

「もう、自分で食べられると思います」

「そうかい。じゃあ、食べてごらん」

お葉は半身を起こそうとしたが、それはまだ無理で、唇を嚙《か》み締める。躰《からだ》が思うように動かないことが、もどかしいのだ。

「ゆっくりでいいよ。まずは躰に力をつけることからだ。たくさんお食べ」

お繁はお葉に匙《さじ》を持たせた。お葉は頷《うなず》き、寝たままの姿勢で、粥《かゆ》を匙で掬《すく》った。卵を溶き入れた粥の甘く優しい香りが、ふんわりと漂う。手が微《かす》かに震えて、粥を少しこぼしてしまったが、口に入れることはできた。

「できたじゃないか。その調子だよ」

お繁はこぼれた粥を素早く拭《ふ》き取り、お葉に微笑む。お葉は右手に左手を添えて、両の手で粥を口に運んだ。二口、三口。自分で食べる粥の味は、やはり、よいものであった。

「さっきここの裏庭を見たらさ、鶏が卵を産んでたんだよ。だからそれを一つもらっちまった。先生に内緒でね」

お繁は茶目っ気たっぷりに舌を出す。時折、鶏の啼《な》き声が聞こえてくるのは、やはり飼っているからなのだと、お葉は納得がいった。

「裏庭があるんですね」

「そうさ。鶏が三羽いて、先生が育てている薬草もたくさん生えているよ。動けるようになったら見てごらん」

薬草の話を聞いて、お葉はふと、植木職人だった父親を思い出した。父親も、仕事のみならず、長屋の片隅でも草花を育てていたからだ。

お繁はお葉を見つめた。

「あんたも早く立ち上がれるようになりたいだろう。そのためにも力をつけること。ほら、ぜんぶお食べ。卵には滋養がたっぷり含まれているからね」

お繁の言うことは尤《もっと》もで、お葉は素直に頷いた。一人で食べたり、厠《かわや》に行けるようになりたいし、裏庭も見てみたいような気がしたのだ。それを叶《かな》えたく、お葉は匙を持った手を懸命に動かす。お繁は励ましつつ、温かな目で見守っていた。

お繁が帰って部屋で一人になると、かつてのことがいろいろと思い出された。

呉服問屋へ奉公が決まり、お嬢様の多加代に初めて会った時、お葉は驚いたものだ。一つ年下の多加代は、人形のように愛らしかったからだ。

——お前がお葉なのね。これからよろしくね。

多加代がにっこりと微笑みかけてくれた時、お葉は嬉《うれ》しかった。両親を亡くして、不安で押し潰《つぶ》されそうだったお葉の心に、優しい灯《とも》りが灯ったかのようだった。

お内儀様の多加江もそれは美しく、多加代と並ぶと、錦絵《にしきえ》から抜け出してきたような麗しさだ。二人とも常に美しい着物を纏《まと》っていて、穏やかな笑みを浮かべている。

——世の中には、このような女人たちがいるのね。

お葉は驚きつつ、眩《まぶ》しい思いで、麗しい母娘を眺めていた。二人のお世話ができることが光栄で、懸命に働こうと心に誓った。

だが……少しずつ、様子が変わってきたのだ。ある時、お内儀様にお茶を淹《い》れて運ぶと、一口飲んで、多加江は言い放った。

——不味《まず》いお茶ねえ。あんたが淹れたの？

多加江はいつものように優しい笑みを浮かべていたので、お葉は聞き間違えたのではないかと思い、目を瞬かせた。お葉が答えられずにいると、多加江はいきなりお茶をお葉に浴びせかけた。

熱くて、お葉が小さな叫び声を上げると、多加江は湯呑《ゆの》みまでぶつけた。それはお葉の細い腕に当たった。

――もう一度、淹れ直していらっしゃい。

多加江はにたりとした笑みを浮かべ、お葉を睨《にら》んでいる。お葉の背筋に冷たいものが走った。その時齢《よわい》十二だったお葉が初めて直面した、総毛立つような恐ろしさだった。

呆然《ぼうぜん》とするお葉を、多加江は怒鳴りつけた。

――畳をさっさと拭きなさい！　染みになるじゃないの。

――はい。

お葉は小声で返事をすると、袂《たもと》から手ぬぐいを取り出し、小さな躰を屈《かが》めて畳を拭き始めた。多加江はその姿を笑みを浮かべて眺め、お葉にお茶を淹れ直させることを三回繰り返した。

火傷《やけど》は免れたが、湯呑みが当たった腕は、皮膚の下で出血を起こして痣《あざ》になってしまった。

多加江の態度に、お葉は酷《ひど》く傷つき、その夜はなかなか眠ることができなかった。

――ここへ奉公に来たのは、間違いだったのだろうか。

そのような考えが止めどなく浮かんできた。

翌朝、目を腫《は》らしながら雑巾《ぞうきん》がけをしていると、お嬢様の多加代が優しい笑顔で話しかけてくれた。昨日のことがあったので、お葉は少し言葉に閊《つか》えてしまったが、丁寧に返事をした。

――お嬢様は相変わらずにお優しい。……きっと、昨日はお内儀様のご機嫌が悪かったのだろう。

そう思い直し、お葉は仕事に励んだ。だが、多加代の態度も変わっていった。ある日、お葉の顔をじっくりと見つめて、多加代は言った。

――お前は、オタマジャクシにそっくりね。

オタマジャクシに似ていると言われても、しっくりこなくて、お葉は曖昧《あいまい》に微笑むことしかできなかった。すると多加代は可愛らしい顔に無邪気な笑みを浮かべて、言葉を続けた。

――大人になっても、しょせん、ガマガエルぐらいにしかなれないってことよ。お前のこと、これからガマガエルって呼ぼうかしら。

お葉は思わずうつむいた。ガマガエルを醜いとは思わないが、そう呼ばれるのは、やはり気持ちのよいものではないからだ。

お葉は多加代の愛らしい顔を、見ていられない思いだった。人形のように整っているからこそ、その無邪気な悪意が、いっそう恐ろしい。

——お嬢様も、お内儀様と同じだというのかしら。

そのような絶望が、お葉の胸に広がっていった。それでもお葉は、麗しい母娘を信じたかった。初めて会った時、孤独な自分に、優しい笑みをかけてくれたのだから。

お葉は思い直すことにした。

——私は下女なのですもの、少々のことは我慢しなければ。伯母《おば》さんたちにも、そう言い聞かされていたし。

だからお葉は我慢したが、その傷つきながらも必死で耐えている姿が可笑《おか》しかったのだろう、母娘はさらに無邪気にお葉を責め続けた。二人とも鬱憤《うっぷん》があるように思われなかったが、まるで溜《た》まったそれを、お葉にぶつけて晴らしているかのように。

——潰れた顔の、ガマガエル。

しつこく言われ続けて、お葉は本当に自分がそのような顔に思えてきて、鏡を見ることが怖くなってしまった。

両親と暮らしていた頃は、お葉にだって可愛いと言ってくれる人はいたのだ。それなのに奉公先では、お内儀様とお嬢様がひたすら容姿をからかってくる。それを続けられると、さすがに辛《つら》い。お葉は、顔が時折、引き攣《つ》るようにもなってきた。

――このようなことになったのは、もしや、私が二人を怒らせてしまったからだろうか。

そのように考え、自分の行いを顧みても、お葉にはどうしても心当たりがない。多加江と多加代のお葉に対する虐《いじ》めは理由が分からぬもので、それゆえにいっそう苦しかった。

――自分の非がはっきり分かっていて虐められるのならば、納得できるし、我慢もできるのに。

お葉のことは、呉服問屋の主人も、ほかの奉公人たちも、気づいていても気づかぬふりだった。それに主人は、出かけることも多く、お葉とまともに口をきいてくれることなどなかった。

奉公に来て初めの頃は気さくに話しかけてくれた丁稚《でっち》たちも、次第にお葉を遠ざけるようになっていった。

お葉に、伯母の裏切りを教えたのは、お内儀様の多加江だった。青褪《あおざ》めるお葉に、多加江は笑みを浮かべて言った。あんたって本当に可哀そうね、と。伯母は多加江と、示し合わせていたのだろう。

この虐めに出口などないのだと、お葉はやがて諦《あきら》めた。もはや、周りの者たちが皆、敵に見えた。そして、逃げようと思い至ったのだ。奉公先からだけでなく、悪意と欺瞞《ぎまん》と嘲笑《ちようしよう》と悲しみに満ちた、この世からも。


翌朝、目覚めると、お葉の全身が汗で濡《ぬ》れていた。お内儀様とお嬢様、その取り巻きたちに虐められる夢を見たのだ。多加代と比べられて、いったいどれだけからかわれただろう。容姿の面においても、賢さや生まれ育ちの面においても。

――お嬢様よりも私が劣っていることなど、自分でも充分に分かっていたのに。どうしてあの人たちはあれほどしつこく言ったんだろう。私を貶《けな》して追い詰めるのが、それほど面白かったのかしら。

苦い思いが込み上げてきて、胸がひりひりして、お葉の目から涙が零《こぼ》れる。いくら逃げたところで、傷つけられた痛みは易々《やすやす》と消えるものではないと、改めて知る。だが、傷つけたほうは、痛みなど微塵《みじん》も残っていないだろう。その不公平な事実が、お葉をいっそう苛《さいな》むのだ。

お葉は唇を嚙《か》み、裏庭の鶏の啼《な》き声を聞きながら、静かに嗚咽《おえつ》する。いくらよい人に見えても、信じることができない。十二から十六までの多感な時期の辛い出来事が、お葉をそうさせていた。

夢見が悪かったせいか、お葉は朝餉《あさげ》も昼餉も、ほとんど食べられずに残してしまった。お腹が減っているような気がするのに、喉《のど》を通っていかなかった。

その夜、仕事を終えた道庵が、料理と薬をお葉に運んできた。料理が盛られた皿を見て、お葉は目を瞬かせた。粥《かゆ》ではなかったからだ。

「そろそろ、こういうのも食っていいと思ってな。俺が作ったんで、味の約束はできねえが」

鰯《いわし》と茄子《なす》を炒《いた》めたものだ。千切りにした生姜《しょうが》もたっぷり入っている。菊の花が添えられているのも、お葉の目を惹《ひ》いた。

「今日は、重陽《ちょうよう》の節句だからな」

「ああ……」

お葉は思わず声を漏らした。床に臥《ふ》したままだと時の経過に鈍くなってしまう。もう長月九日なのだ、自ら命を断とうとしてから七日が経ったのだと、苦い思いが込み上げる。

押し黙ってしまったお葉に、道庵は問いかけた。

「どうして重陽の節句に、茄子を食べるか知っているかい」

お葉は口を閉ざしたまま、首を傾げる。

「それはな、九日《くんち》に茄子を食べると中風にならないという言い伝えからだ。それとよ、重陽の節句は九月九日で、九と九が重なるだろう。それは苦苦にも繋《つな》がって、縁起が悪いと言う者もいる。だがな、苦労は確かに嫌だが、人生には苦労ってのはつきものなんだ。で、苦苦を転じて福となす。どんな苦労も結局は福にしちまえってことで、九月九日には茄子を食うんだよ。まあ、江戸っ子が好きな、語呂合《ごろあ》わせみてえなもんだ」

お葉は道庵を見つめた。お繁が言っていた。道庵も若い頃は苦労をしたらしいと。それがどのような苦労だったかは、お葉はまだ知らない。だが、道庵がそれを糧にして今を生きているということは、なにやら分かるような気がした。

お葉は不意に身を起こそうとして、道庵が支えた。

「無理するな。寝たままでも、食えりゃいい」

だがお葉はやめなかった。道庵に助けてもらいながら半身を起こした。息が少し上がり、頬は仄《ほの》かに紅潮する。

「起き上がれたじゃねえか。めざましいぜ。もう少ししたら、立ち上がれるようになるな」

お葉は頷《うなず》き、右手の握り開きを何度か繰り返してから、匙《さじ》を持った。生姜がたっぷりの、鰯と茄子の炒め煮を口にした。

道庵は目尻《めじり》を下げ、大きく頷く。

炒め煮のほかに、玄米ご飯と、茄子と油揚げの味噌汁《みそしる》、茄子の漬物もあった。

お葉は、道庵に見守られながら、ゆっくりと味わった。食べたいと思うと、手も自《おの》ずと動くようになってくる。

「魚の滋養は躰《からだ》を作ることになるから、いいんだぜ」

お葉は味噌汁を飲みながら、頷く。自分を助けてくれた時、夜釣りをしていたというから、道庵は魚が好きなのだろう。

すべて食べ終えると、お葉は胸の前でそっと手を合わせ、小声で呟《つぶや》いた。

「ご馳走様《ちそうさま》でした」

道庵は頷き、お葉に薬を渡した。包みは三つ。加味帰脾湯、人参養栄湯、そして新しい薬の抑肝散《よくかんさん》だ。

「これからは三種飲んでもらう。抑肝散には、躰も心も元気にする効き目がある」

抑肝散は柴胡《さいこ》や甘草《かんぞう》、当帰《とうき》など七種類の生薬を調合して作る薬だ。子供の疳《かん》の虫《むし》に用いられるほか、神経の昂《たかぶ》りを抑えたり、躰の強張《こわば》りを緩める効果もある。道庵はお葉に気鬱《きうつ》の症状があることを見抜き、心を落ち着かせるために、抑肝散を飲ませようと思ったのだろう。

一番初めに与えられた加味帰脾湯にも、不安や緊張、苛立《いらだ》ちを静め、寝つきをよくする効果がある。血の巡りをよくし、打撲などでできた痣《あざ》にも効き目があるので、お葉のそれも治ってきたのだと思われた。

お葉は三つの薬を素直に飲み、道庵に再び支えてもらって、身を横たえた。

「少しずつ寒くなってきたから、風邪を引くなよ」

道庵は言い残し、部屋を出ていった。お葉は布団の中で、そっと目を閉じる。半身を起こして自力で食べられたことに、満足していた。

——どうして、できたのだろう。

自問し、お葉はぼんやりと気づく。支えてもらった時の道庵の温《ぬく》もりが、もしや励みになったのではないか、と。道庵からは樹木のような薬草のような匂いが漂ってきて、それは父親の思い出にも繋がった。

そうは思うものの、お葉はやはりまだ訝《いぶか》っているところもある。

――油断させておいて、躰が元に戻ったら、どこかへ売り飛ばすつもりではないかしら。……もしや、襲いかかったりしないわよね。

年頃の娘らしい懸念も浮かんでくる。何の苦労もなく育った娘ならば、人の善意を無邪気に信じてしまえるのだろうが、人の嫌な面を多く見てしまったお葉は、どうしても疑いが拭《ぬぐ》えない。優しい顔をして裏の顔がある者、初めは親切に接してきて途中で態度が変わる者、そのような人々がお葉の周りには溢《あふ》れていたからだ。

お葉は道庵やお繁を信じたい気持ちと、信じきれぬ気持ちの間《はざま》で、揺れている。

――やはり、早く動けるようになって、ここを出ていったほうがいいのだろう。次の奉公先は、口入屋《くちいれや》に相談してみよう。……でも江戸に留《とど》まっていると、前の奉公先のお内儀様やお嬢様に気づかれたら、嫌がらせをされるかもしれない。ならば、江戸を離れるしかないのかしら。

お葉は、そのようなことまで考え始めていた。

思うことはいろいろあるが、道庵が作ってくれた抑肝散が効いたのか、お葉は悪い夢を見なくなり、よく眠れるようになった。それはとても、ありがたいことだった。

四

長月も半ばになり、寒さが日ごと増してきた。祭囃子《まつりばやし》が聞こえてきて、神田祭が始まったことに気づく。

お葉は道庵やお繁に支えてもらえば立ち上がり、厠《かわや》にも行けるようになっていた。動けるようになると、診療所の造りが分かってきた。

お葉が今いる、患者が寝泊りできる養生部屋は二つで、もう一つは空いているようだ。道庵が患者を診る部屋は、八畳ほどの板敷きで、毛氈《もうせん》（絨毯《じゅうたん》のようなもの）を敷いてある。

お葉はまだ目にしたことはないが、お繁の話によると、診療部屋の奥にも六畳ほどの部屋があり、百味箪笥《ひゃくみだんす》と呼ばれる大きな薬箪笥や棚が置かれて、薬を作る器具や書物が並んでいるそうだ。七輪や炭の用意もしてあり、そこで煎《せん》じ薬《ぐすり》を作ることができるという。

ほかには、台所、厠、居間そして道庵の書斎を兼ねた寝所がある。

裏庭は薬草園のようになっていて、鶏小屋と井戸、小さな納屋があるらしい。穏やかな空気が漂う診療所で、お葉の躰は少しずつ快復してきている。道庵が作る薬が効いているのか、近頃は悪い夢にうなされることもなくなっていた。

着るものは、お繁が近くの古着屋で揃えてくれた。川に飛び込んだ時に身に着けていた小袖《こそで》と帯は、破けたこともあって、捨てられてしまった。お繁が選んだのは、水色と若菜色の小袖と、紺色の帯だった。

道庵は宅診も往診も引き受けており、往診に出る時は錠をおろすか、もしくはお繁の手が空いている時には留守番を頼んでいた。

診療所は相変わらず賑《にぎ》わっている。具合が悪い訳でもないのに挨拶《あいさつ》をしにきたり、手土産を持ってきては気軽に話し込んでいく者たちもいた。

──先生は愛想がよい訳でもなく、いつも怒ったような仏頂面なのに、どうして皆から慕われるのかしら。

お葉は怪訝《けげん》に思いつつ、部屋で躰を動かす稽古《けいこ》をする。ここを出ていくにしても、今後のことを考えるにしても、躰が元に戻らなければ何も始まらないからだ。

ある日の昼下がり、お葉は厠に立ちたくなった。だが、道庵は患者を診るのに忙しいようなので、一人で行ってみることにした。

廊下の壁に手をつきながら、診療部屋の前をそっと通り過ぎ、厠へと辿《たど》り着いた時、お葉は安堵《あんど》の息を吐いた。

一人で自由に厠に行き来できるようになることは、年頃のお葉にしてみれば、救われるような思いだ。

戻る時も壁に手をついてそろそろと歩いていたが、道庵に見つかってしまった。

診療部屋は板戸で廊下に繋《つな》がっているのだが、道庵は板戸を半分ほど開けていることが多いのだ。

道庵は患者を置いて診療部屋から出てきて、お葉を支えた。

「勝手に動いては、まだ危ねえぞ。厠に立つ時は一言、声をかけてくれ」

「はい……ごめんなさい」

厳しい口調で告げられ、お葉は素直に謝る。道庵は息をついた。

「まあ、力がついてきたようでよかったぜ。動けるようになって、嬉《うれ》しいだろう」

「はい、嬉しいです」

お葉は頷き、道庵の切れ長の目を真っすぐに見た。道庵は診療する時には、眼鏡をかけている。

「あの……裏庭を見ても、いいですか」

お葉が言うと、道庵は少し驚いたような顔をした。水を飲みたい、厠に行きたいということ以外に、お葉が自ら何かを希《のぞ》んだのは、初めてだったからだろう。

道庵はお葉を見つめ返した。

「もちろん、いいぜ。俺が後で連れていくから、部屋で少し待っていてくれ。まだ患者がいるんでな」

「はい」

お葉は頷《うなず》き、壁に手をつきつつ、養生部屋へと戻る。それを見届け、道庵も診療部屋へと戻った。


七つ（午後四時）になり仕事が少し落ち着いた頃、道庵が部屋に来て、約束どおりにお葉を裏庭に案内してくれた。

裏庭に面した戸を道庵が開けた時、清らかな香りの心地よい風が吹いてきて、お葉は思わず大きく息を吸い込んだ。そして庭一面に広がる草花に、目を瞠《みは》った。薬草といっても、その彩りは緑だけではない。白、黄、紫、青、紅に色づく花々が咲いている。

――あの紫の花は桔梗《ききょう》よね。青は竜胆《りんどう》。黄色は女郎花《おみなえし》かしら。

まさに草花園のようで、お葉は見惚《みと》れる。庭には棗《なつめ》の木も立っていて、紅《あか》い実をつけていた。

川に飛び込む前には、色が分からなくなっていたお葉だが、裏庭の彩りは鮮やかに目に映った。

道庵は、白い糸のようなものを吹きながら膨らんでいる蕾《つぼみ》を、指差した。

「これは烏瓜《からすうり》だ。夜になると、蜘蛛の巣の形にも見える花を咲かせて、翌朝に萎《しぼ》む。冬には、紅い実をつける。その実は、しもやけなどの肌荒れに効くんだ。根っこは腹の具合が悪い時や、黄疸《おうだん》などに効き目がある」

珍しい形の烏瓜の蕾に、お葉は目を瞬かせる。道庵は次に竜胆を指した。

「竜胆にも薬効があるんだぜ。胃ノ腑《ふ》や腸《はらわた》の病に効くんだ。苦いけどな」

道庵は皺《しわ》の刻まれた目尻《めじり》を下げる。

お葉は、風に揺れる紅い実のような小さな花に目を留めた。

「吾亦紅《われもこう》にも薬効があるんだ。熱を下げたり、肉腫《にくしゅ》や切り傷を癒《いや》すほか、女が罹《かか》り易い病にも効き目がある」

吾亦紅の素朴で愛らしい姿に、お葉の頰が緩む。

「可愛いお花に、そんな力があるなんて」

秋の日の、夕暮れに近づく頃。ひっそりとした裏庭は、お葉には宝箱のように輝いて見える。

道庵はお葉を眺め、ぽつりと口にした。

「お前さんが笑ったところ、初めて見たぜ」

お葉も道庵を見た。道庵は穏やかな面持ちをしていて、お葉は不意に目が潤んだ。お葉は指で目元をそっと拭《ぬぐ》った。

「植木職人だった、お父つぁんのことを思い出したんです。もう、亡くなりましたが」

「そうか……。おっ母さんは元気なのかい」

お葉は首を横に振った。

「おっ母さんも、もう……」

道庵はお葉の肩に、静かに手を置く。秋の柔らかな日差しを浴びて、色とりどりの草花や実が、風にそよいでいる。生薬に変わるそれらの清々《すがすが》しい香りが、お葉の心の傷を癒してくれるかのようだ。

お葉は道庵と一緒に、暫《しばら》く裏庭に佇《たたず》んでいた。

次の日、道庵はお葉に、薬草への水遣《や》りを頼んだ。水を汲《く》んだ桶《おけ》と柄杓《ひしゃく》は、用意してくれるという。

「明るいうちならいつでも構わねえんで、ささっと水を遣ってくれるとありがてえ。お願いできるかい」

「はい」

お葉は頷き、目を瞬かせた。

昼前にお葉は裏庭に出て、柄杓を使い、草花の根っこへと水をそろそろとかけていった。

――やり過ぎてもよくないのよね。

可憐《かれん》な草花たちを慈しむ思いで、お葉は水を与える。身を屈《かが》める時、腰や背中に痛みが走って微《かす》かな声が漏れたが、それも苦にならない。

――ずっと寝ていたから、躰《からだ》が鈍《なま》ってしまっただけだわ。お花に水をあげるのも、躰を動かす稽古になるわね。

そのように思いながら、お葉は竜胆や吾亦紅の花にそっと触れる。全部で何種類ぐらいあるのだろうか、名を知らぬ草花も多く育っている。それらの香りを吸い込むだけで、お葉の躰にもみずみずしい力が湧いてくるようだ。

それでもよろけて、柄杓の水をばしゃっとかけてしまうなど失敗はあったが、額に汗を浮かべつつ、お葉は水遣りを終えた。立ち上がり、背筋を伸ばす。ふうっ、と思わず息が漏れた。

秋の空は高く、澄んでいる。鰯雲《いわしぐも》に目をやりながら、お葉は腰に手を当てた。痛みは不思議と、すぐに消えた。


道庵は次の日も、またお葉に水遣りを頼んだ。お葉にしてみれば、ただで置いてもらい、治してもらっている身なので、何かを頼まれれば引き受けない訳にはいかない。とはいえ、裏庭に出て草花に逢《あ》うことは楽しみだった。

お葉は身を屈め、草花たちにせっせと水を与える。

水遣りの途中で、道庵が様子を見にきたので、お葉は訊《たず》ねてみた。

「このお花は、なんていう名ですか」

白い花びらに薄紫色の筋が入っているそれが、気に懸かっていたのだ。

「これは千振《せんぶり》だ。千回振り出してもまだ苦いってことから、そう名付けられたようだ。でも、よく効くぜ。胃ノ腑や腸の痛みには、特にな」

お葉は目を瞬かせた。

「こんな可憐な花なのに、苦いんですね」

「そうだ。竜胆の十倍は苦い。良薬は口に苦し、だ。まあ、そうでないのもあるがな」

「苦くないほうが……できれば、いいです」

お葉は呟《つぶや》き、再び水遣りに精を出す。手や足に土がつくことも厭《いと》わずに、草花に丁寧に水を与えるお葉を、道庵は静かに眺めていた。

裏庭の水遣りはお葉の日課となり、それを続けているうちに、壁に手を添えたり、何かの支えがなくても、身動きができるようになった。まだ遠くまで歩いたり、走ったりすることはできそうもないが、日々の暮らしは普通に送れるようになってきた。

飲む薬も二種に減らされたが、特に不調にはならなかった。

「やっぱり若いだけあるねえ。すっかりよくなってきたじゃないか」

お繁は目を細めながらお葉を眺め、湯屋へ誘った。湯屋と聞いて、お葉は胸を高鳴らせた。ここへ運ばれてから二十日以上が経つが、その間、身を清めるには、濡《ぬ》らして絞った手ぬぐいで躰を拭《ふ》くだけだったからだ。

――ようやくお風呂《ふろ》に入れる。

お葉は素直に喜び、連れていってくださいと、お繁に返事をした。

湯屋は診療所の近くにあり、三十間《けん》（およそ五十四メートル）ぐらいの距離だったが、久しぶりに外に出るので、お葉は緊張した。六つ（午後六時）過ぎに診療所を仕舞った後で、道庵も一緒に、三人で湯屋へ向かった。ちなみに診療所は五つ（午前八時）から六つまで開けているが、そのほかの刻《とき》でも、急患があれば診ることがある。

六つ過ぎなのでもう日が暮れているが、弓張り月に照らされて、診療所の看板が見えた。《本道《ほんどう》、挙田《あぐた》道庵》と書かれている。お葉は漢字がほとんど読めないが、おそらく道庵の名前なのだろうと察した。

ちなみに、本道とは、漢方医語で内科のことだ。

道庵とお繁に挟まれて夜道を歩きながら、お葉はなにやら気恥ずかしかったが、心強くもあった。

湯屋の入口で分かれ、お葉はお繁と一緒に女湯に入った。久しぶりの湯は、肌に染み入るほどに心地よかった。お繁の手を借りなくても、躰は自分で洗えた。

「髪はまた改めて、天気がよい日に裏庭で、桶で洗ったほうがいいかもしれないね。その時は手伝ってあげるよ」

「はい。お願いします」

お葉は返事をしつつ、湯煙の中でぼんやりと思っていた。

――いろいろなことができるようになってきたのだから、これからのことを考えなければ。このままでは、出ていく機会を失ってしまう。

すると、お葉の心を見透かしたかのように、お繁が声をかけた。

「あんた、肌の色艶《いろつや》もよくなってきたねえ。道庵先生の薬が効いているんだよ。まだ飲んでいるんだろう」

「あ、はい」

「先生と私が作る料理も効いているね。あんた、初めの頃は痩《や》せ過ぎていて目も当てられなかったけれど、肉が薄らついて、健《すこ》やかになってきたもの。まあ、私にはともかくとして、道庵先生には感謝するんだよ」

「はい」

もうもうとした湯煙の中、お葉は小さな声で答える。その隣でお繁は、気分がよさそうに、湯を肩や首筋に自らかけている。

「だからさ、恩を返すつもりで、先生に頼まれたことはしなさいよ。近頃、裏庭で水遣りをしているそうじゃない」

「あ、はい」

「先生、助かっているみたいだよ。あんたが手伝ってあげているから」

お葉はふと口を噤《つぐ》んだ。お葉の行いが道庵の助けになると聞き、心に何かが灯《とも》る。

――こんな私でも、あの先生の助けになることができるんだ。

お繁はお葉の肩に手を置き、微笑んだ。

「まあ、ただで治してもらっていることを忘れなさんな。恩を仇《あだ》で返そうなんて思わないこと。お手伝いはしっかりすること」

お金のことを言われ、急に現実に引き戻されたような気がして、お葉は微かな溜《ため》息《いき》をつく。

「はい」

お葉は気の抜けた返事をするも、お繁は満足げに頷《うなず》くのだった。

朝餉《あさげ》は道庵が部屋に持ってきてくれるが、お葉は、それも申し訳ないように思えてきた。

動けるようにはなったので、片付けは自分でしようと思い、食べ終えた膳《ぜん》を台所へと運ぶ。道庵に一応は断ろうとは思ったが、既に患者を診始めているので、お葉は勝手に椀《わん》や皿を洗い、水をよく切って、布巾《ふきん》で丁寧に拭いて棚に並べておいた。

台所から部屋へ戻るには、診療部屋の前を通る。診療部屋の廊下に繋《つな》がる板戸は、今日も半分ほど開けられていた。

お葉の姿を目にした道庵が出てきて、声をかけた。

「いつでもいいから、廊下を箒《ほうき》で掃いておいてくれねえか」

「あ、はい」

お葉の胸に、昨夜のお繁の忠告が蘇《よみがえ》る。お手伝いはしっかりするように、との。

「箒は納屋に入っている。水遣《や》りも、よろしくな」

道庵は頼みごとをすると、さっさと診療に戻る。

お葉は納屋から箒と塵取《ちりと》りを持ってきて、それらを手に、廊下を丁寧に掃除した。すると、動きの勘が戻ってきたのか、徐々に楽しくなり始めた。お葉は掃除をすることが、もともと好きなのだ。

埃《ほこり》の一つも残さぬよう、箒で掃き、塵取りで集める。それだけでは飽き足らなくなり、お葉は雑巾《ぞうきん》がけもすることにした。

裏庭の納屋へ戻って見てみると、雑巾が入った小さな桶《おけ》があった。井戸から桶に水を汲《く》み、雑巾を濡らして絞る。

お葉はそれらを持って戻り、廊下の雑巾がけを始めた。まだ少し不安だったが、躰《からだ》は元のように動いた。身を屈《かが》め、せっせと廊下を清めていく。

掃除ができることが嬉《うれ》しくて、お葉は暫《しば》し夢中で廊下を拭いていたが、ふと女人の甲高い声が耳に入った。

「道庵先生！　これ作り過ぎちゃったから、よろしければ召し上がって。秋刀魚《さんま》を紫蘇《しそ》で包んで揚げたの。先生、お好きでしょ？」

診療部屋から響いてくる。鼻にかかった、甘ったるい声だ。続けて道庵の低い声が聞こえた。

「おう、大好物だ。ありがたくもらっとくぜ」

「嬉しいわあ、先生に召し上がっていただけて。ねえ……また呑《の》みにいらして。最近、いらしてくれないじゃない」

お葉は雑巾がけをする手を休め、二人の会話に耳を澄ます。

「忙しいんだ。時間ができたら、行くよ」

「先生、約束よ。先生なら、お安くしちゃうから」

女はどうやら、料理屋あるいは居酒屋の女将《おかみ》のようだ。声だけでも、妙な艶《なま》めかしさが伝わってくる。お葉は不意に女の顔が見てみたくなり、廊下に跪《ひざまず》いた姿勢で、板戸の陰へといざり寄った。だが、病み上がりのために躰の均衡が崩れ、板戸へとぶつかり、音を立ててしまった。

——あ、気づかれたかも。

お葉は身を強張《こわば》らせ、両手で口を押える。すると道庵がやってきて、驚いたような顔をした。

「お前さん、雑巾がけまでやってくれてるのか」

お葉はどぎまぎとしつつ、はい、と答える。道庵は、お葉が興味本位で覗《のぞ》こうとしていたことには、気づいていないようだ。

「その気持ちはありがてえけど、まだ本調子ではねえから、無理はするなよ」

「はい。もう大丈夫そうですが……気をつけます」

お葉は姿勢を正し、目を伏せる。女の声が響いた。

「先生、どうなさったの？　どなたかいるの？」

その問いに答えるかのように、道庵は板戸を全開にした。女の姿が目に飛び込むと同時に、自分の姿も露《あら》わになり、お葉は狼狽《うろた》える。おろおろとするお葉に、道庵が言った。

「こちらは、志乃《しの》さん。近くで〈志のぶ〉という料理屋を開いていて、そこの女将だ」

「あ、はい」

お葉は志乃を眺め、目を瞬かせた。初めて見るような、婀娜《あだ》っぽい美しさに溢《あふ》れた女だったからだ。お葉は茫《ぼう》と思った。

――小股《こまた》が切れ上がった女とは、このような女《ひと》を言うのかしら。

志乃はお葉に微笑んだ。

「可愛い娘さんねえ。……でも、まさか先生のお嫁さんじゃないわよね？　もしそうだったら、妬《や》けちゃうんだけれど」

唇を尖《とが》らせる志乃に、道庵は苦笑いだ。

「ある訳ねえだろ。いくつ離れてると思うんだ」

「あら、じゃあ、お手伝いさん？」

「まあ、そんなところだ。お葉っていう、十六の娘でな。志乃さん、ひとつ、仲よくしてやってくれ」

志乃は笑顔に戻り、頷いた。

「分かったわ。お葉ちゃん、よろしくね。秋刀魚の衣かけ（唐揚げ）、美味《おい》しいから、先生と一緒に食べてみて」

「はい。ありがとうございます」

お葉は姿勢を正し、志乃に深々と礼をする。志乃は目を細めてお葉を眺め、帰っていった。


その後もお葉は雑巾がけを続けながら、心を揺らしていた。可愛い娘さんと志乃に言われたことが、お葉を戸惑わせたのだ。

――可愛いなどと言われたのは、どれぐらいぶりだろう。

両親を喪《うしな》ってからは、そのように褒められたことなどなかった。貶《けな》されるばかりで、いつしかお葉は、自分が醜いと信じ込んでしまっていた。

――あんなに綺麗《きれい》な人に、可愛いと言ってもらえたなんて。

もちろんお世辞も含まれているだろうと分かっていても、お葉は素直に嬉しくて、心がほんのり温《ぬく》もるようだ。

するとお葉はいっそう、掃除にも力が入った。廊下の隅々まで磨き上げ、見回し、納得いったところで一息つく。

診療部屋から道庵が出てきた。

「見違えるほど綺麗になったぜ。お葉、ありがとうな」

相変わらずぶっきら棒な言い方だが、お葉はどうしてか胸がやけに熱くなって、小さく頷《うなず》いた。

お葉は桶と雑巾を持って裏庭へ行き、汚れた水を流して、両方ともよく濯《すす》ぎ、納屋の前に置いて暫《しばら》く乾かすことにした。

鶏小屋の鶏たちが、啼《な》き声を上げていた。一羽は白く、ほかの二羽は茶色い。お葉は身を屈めて、鶏を眺める。皆、元気がよく、鶏冠《とさか》を揺らして動き回ったり、羽ばたいたりしている。餌をあげたいが、無断でやるのはよくないだろうと、それはやめておいた。

それから、草花たちへ水遣りをした。曇り空の下でも、お葉の目には、その彩りは眩《まぶ》しく映る。水をあげて少しすると、草花の香りがいっそう濃くなる。それを吸い込みながら、お葉は目を細めた。棗《なつめ》の実も、ますます紅《あか》く、大きく育っている。

裏庭を見回しながら、お葉はゆっくりと立ち上がった。

お葉は三食とも、道庵とは別に、養生部屋で喫している。昼餉《ひるげ》は、志乃からもらった秋刀魚の衣かけを食べたが、期待以上に美味しく、ご飯が進んだ。

その片付けも自分で終えて、部屋に戻ってから、お葉はふと考えた。

――志乃さんは、私のことをお手伝いだと思ったみたいで、先生もそのようなものだと言っていたけれど……。このままここに居続けても、いいのかしら。

やはり、どうしても躊躇《ためら》ってしまう。お葉の目に、裏庭が浮かぶ。あの光景に魅了されているお葉は、確かに裏庭とは離れがたい。

しかし道庵がどのような人なのか、まだ今一つ、分かりかねている。道庵には、お葉を傷つけるような言動はないが、決して愛想がよいとは言えないし、若い頃にはやんちゃだったとも聞いた。

――ならば、善人のふりをしているだけなのでは。

そのような疑念が浮かび、お葉は深い溜息《ためいき》をつく。人を素直に信じられなくなっている自分が嫌だという思いも、お葉にはあるのだ。

――お世話になったのだから、何も言わずに出ていくのは、さすがに気が引けるわ。それに……私は一文も持っていない。ここを出て、口入屋を訪ねて、次の奉公先を探すにしても、すぐに決まるというものではないでしょう。では、その間、どうやって過ごせばいいのかしら。お金がないのだから、どこかに泊まる訳にもいかないし。野宿をするのは、やはり怖い。

一度は捨てようとした命でも、いざ助かれば危険を避けたくなるのは不思議なことだと、お葉は思う。

考えあぐねていると、襖《ふすま》の向こうから、道庵がまたも声をかけてきた。

「おい。用を頼まれてくれるか」

「あ、はい」

お葉は腰を上げつつ、首を傾げる。次々に頼んでくるところをみると、道庵はやはり、自分のことを既にお手伝いだと思っているのかもしれない。

お葉が襖を開けると、道庵は澄ました顔で告げた。

「今から往診に行かなきゃならねえんだ。だから、ちいと留守番していてくれるか？　近くだからそれほどかからねえ。すぐに帰ってくるぜ」

「はい。診療部屋の中にいればいいのですか」

「そうだ。それで、俺が出ていった後は心張り棒を突っかけておいてほしいんだが、患者が薬を取りにくるかもしれねえんだ。お糸《いと》っていう、四十ぐらいの女だ。もし来たら、心張り棒を外して、薬を渡しておいてくれねえか」

「分かりました。渡すだけでいいんですよね」

「そうだ。でもな、こう言って渡せよ。お大事になさってください、とな」

「お大事に……なさってください」

教えてもらった言葉を、お葉は小声で繰り返す。

「そうだ。じゃあ、頼んだぜ」

道庵はお葉に目配せすると、さっさと出ていってしまった。

お葉は溜息をつき、取《と》り敢《あ》えず、入口の黒塗りの格子戸に、心張り棒を突っかける。それから、立ったまま、診療部屋を見回した。薬の匂いが仄《ほの》かに漂っている。

――裏庭のあの草花が、病を治す生薬へと変わっていくのね。

そう考えると、なにやら胸がときめく。お葉はじっとしていられず、奥の部屋をそっと覗《のぞ》いてみた。そこには大きな百味簞笥《だんす》（薬簞笥）があった。大きな棚もあって、小さな薬箱のほか、薬研《やげん》や粉ふるい箱や、こね鉢など、薬を作る道具も並んでいる。

お葉は百味簞笥に近づき、眺めた。小さな引き出しがいくつもついている。その一つを恐る恐る開けてみると、包み紙がいくつも入っていた。生薬が包まれているに違いない。

ある包み紙には〈葛根《かっこん》〉と書かれていて、生薬の名前と思われたが、お葉は読めなかった。暫《しば》し、丁寧に並べられた包み紙を眺めていたが、お葉は手を微《かす》かに震わせながら、引き出しを閉めた。

この奥の部屋にいると、お葉はどうしてか心が落ち着いた。この静けさが、心地よいのだろうか。

部屋にはほかにも、薬匙《さじ》や圧尺がいくつもあり、丸薬を作る時に使う朱打《しゅう》ちや箔《はく》つけ、薬を量る秤《はかり》や、薬油を蒸留する蘭引《らんびき》などもある。煎《せん》じ薬《ぐすり》を作る際に時間を計るためだろう、枕時計と呼ばれる和時計もあって、お葉は目を瞠《みは》った。

お葉は好奇心を抑えきれず、薬匙にそっと触れてみる。その時、入口の戸を叩《たた》く音が聞こえ、我に返った。

「すみません。お薬をもらいにきました」

格子戸の向こうで、女が声を上げる。お葉は薬の包みを持って、急いで戸を開けた。

「お糸さんでいらっしゃいますね」

「はい、そうです」

お糸はお葉を眺め、目を瞬かせた。

「あら、先生のお弟子さん？　新しくいらしたの」

「い、いえ。私は……お手伝いをしている者です」

弟子と勘違いされて、お葉は動揺を隠せず、うつむいてしまう。

「あら、そうなの。でも、まあ、お手伝いさんもお弟子さんも、それほど変わらないわよ。先生の役に立っているのですもの」

お糸は、人の好《よ》いおかみさんといった雰囲気で、朗らかだ。お葉は薬を渡す時、道庵の言いつけを守った。

「お大事になさってください」

お糸は笑顔で受け取り、目を細めた。

「ありがとう。先生によろしくね」

そう言って、お糸は帰っていった。

お葉は胸元に手を当て、暫くぼんやりとした。

——ありがとうという言葉を再び聞くようになったのも、ここへ来てからだわ。

ありがとうって、なんて温かな言葉なんだろう。

道庵に言われて思わず胸が熱くなったのも、お糸に言われてほのぼのしたのも、お葉はその言葉を自分でも気づかぬうちに欲していたからだろう。

奉公先の呉服問屋で、お葉はいくら懸命に働いても、誰にも「ありがとう」と言ってもらえなかった。それどころか、蔑《さげす》まれ、心ない言葉を浴びせられ続けた。

ありがとうという言葉も、両親を喪《うしな》って以来ずっと聞いていなかったのだと、お葉の胸は詰まる。

そっと目元を拭《ぬぐ》っていると、道庵が帰ってきた。

「ご苦労さん。どうだった。薬、取りにきたかい？」

「あ、はい。お渡ししました」

「そうか。ありがとよ。今日はいろいろ頼んじまったな。いいぜ、部屋で休んでいて」

「はい」

お葉は一礼して、養生部屋へと戻った。

夕餉《ゆうげ》は、お繁が作って届けてくれた。玄米ご飯に蕪《かぶ》の味噌汁《みそしる》、鯖《さば》の味噌煮、蕪の漬物、梅干しも添えてある。

道庵は急に呼ばれてまた往診に出てしまったので、お繁は留守番がてら、お葉に食べさせた。養生部屋でお繁と向かい合い、躰《からだ》にも心にもよい食べ物を、お葉はゆっくりと嚙《か》み締めて味わった。

お繁はお茶を注ぎつつ、訊《たず》ねた。

「先生とは、いつも別々に食べてるのかい」

「はい」

「一緒に食べればいいじゃないか。まあ、昼は先生も仕事の合間に食べるから、一緒って訳にはいかないだろうけどさ。朝餉と夕餉は相伴してあげれば」

「でも、先生はお一人で召し上がるほうが、よいのではないかと」

「どうしてそう思うのさ」

お葉は、お茶から立つ湯気を眺める。お繁は息をついた。

「先生とは話しにくいのかい」

お葉は黙ってしまう。静かに箸《はし》を動かすお葉に、お繁は微笑んだ。

「そんなことはないよ。ぶっきら棒に見えるけれど、打ち解け合えば、結構お喋《しゃべ》りだよ」

お葉は何も答えず、鯖の味噌煮をもぐもぐ食べる。お繁もお茶で喉《のど》を潤した。

「医者ってのはさ、いつも、にこにこはしていられないんだよ。次から次に患者さんを診なければならないだろう。でもさ、無愛想なのは見た目だけで、道庵先生は思いやりがあるんだ。患者一人一人のことを、真に考えているんだよ。あんただって、知っているだろう？　見た目は優しそうだけれど、心は冷たい人っていうのを。先生は、その逆なんだよ」

　箸を持つお葉の手が、止まる。一見優しげだけれど冷たい者たちというのを、確かに見てきた。

「だから、あんたが心を開けば、先生とも仲よくなれるよ。先生はいろいろ苦労なさったからね、だからその分、心が温かいんだ。今日だって、診療所を閉めた後でも、患者さんを診にいっただろう？　ぶすっとした顔をしながらも、助けたくて仕方がないんだよ」

　お葉は箸を置き、お繁を見つめた。

「道庵先生は、どうしてそれほど、患者さんを助けたいのでしょう」

お繁は湯呑《ゆの》みで手を温めながら、ゆっくりと目を瞬かせた。

「それはね、先生が、最も大切な人を救えなかったからなんだ。大切な人ってのは、お内儀《かみ》さんと娘さんだった」

　お葉は黙って、お繁の話に耳を傾ける。

「今からちょうど二十年前の享和《きょうわ》三年（一八〇三）に、麻疹《はしか》が流行したんだよ。あんたがまだ生まれる前だ。その時、その麻疹に罹《かか》って亡くなった人が多かったんだ。

先生のお内儀さんと娘さんも、そうだった。その時、確か、お内儀さんは三十二で、娘さんは九つだったんじゃないかな。先生は三十七で、それは家族思いだったから、喪ってしまった辛《つら》さって、相当のものだったと思うよ。ほとんど寝ないで毎日看病していたのに、救えなかったんだから。その、救えなかったという思いが、先生の医者としての気持ちを、いっそう駆り立てたんだろうね。人を救いたい、と。それから先生は、さらに仕事に打ち込むようになったんだ。家族を喪った辛さを、紛らわすためもあったかもしれないけれどね」

「……そうだったんですか」

静かな部屋の中、お葉は掠《かす》れた声を響かせた。道庵の悲しみや、医者としての真《しん》摯《し》な思いを、一片でも知ったような気持ちになる。家族を流行《はや》り病で喪ったということも、自分と重なり合い、胸が痛んだ。

お繁はお葉に微笑みかけた。

「あんたのことだって、先生は助けてくれたじゃないか。今だから言うけどさ、あんた、水を結構飲んでいたから、危ない状態だったんだよ。でも先生は、絶対に助けるって、必死だった。先生、言っていたよ。この娘は自分で川に飛び込んだんだ。きっと、それほどの訳があったんだろう。そのような娘を見捨てる訳にはいかねえ、俺が助けるんだ、って」

　お葉の心が揺れ、思わず目が熱くなる。障子窓の上のほうを見やり、必死で堪《こら》えた。

「先生のことだから、夜釣りをしていた時に、あんたのことを目撃して、なにやら縁を感じちまったんだろうね。患者として運ばれた訳でもないのに、本当にお人好しだよ。そのあんたが快復してきたから、先生、たいそう喜んでいるんだ。……もしかしたら、意識は戻っても動けなくなるかもしれないほど、危なかったんだよ。先生、あんたが目を開けるまで、心配でほとんど寝ていなかったからね」

　お葉の目から、ほろほろと涙が零《こぼ》れる。お繁は袂《たもと》から手ぬぐいを取り出して、お葉に渡し、じっと見つめた。

「先生の気持ちが少しは分かっただろう。だから、明日からは食事も少しは作っておやりよ。私も手伝ってあげるからさ」

　お葉は手ぬぐいに埋《うず》めていた顔を、不意に上げた。お繁と目が合う。

「あんた、料理はできるの？」

「少しは」

「じゃあ、作るべきだよ。そして一緒に食べなさい。先生、男やもめで、なんだかんだ侘《わび》しいんだからさ。話し相手ぐらいには、なってておやりよ」

「でも……」

「でも、じゃなくてさ。先生も、あんたが作ってくれたら嬉しいと思うんだよね。まだ快復の途中だから、無理せず、夕餉だけでも私と一緒に作ろうか。明日、必ず見にくるからね」

お繁はお葉の肩に手を載せ、さする。お葉は頷《うなず》くも、複雑な思いが込み上げる。――このままでは、ずっとここにいることになってしまいそう。これからのこと、いつ、誰に相談すればいいんだろう。

道庵が自分を助けてくれたこと、道庵の仕事に対する思いには頭が下がるばかりだが、それとこれとは、話が違うようにも思うのだ。

お葉は不安を抱きながらも夕餉を残さず食べ終え、お繁はなにやら嬉《うれ》しそうな面持ちで帰っていった。

五

お繁は約束どおり次の日の夕方に訪れて、お葉に教えつつ夕餉を作った。お繁は鰯《いわし》を持ってきて、お葉に見せた。

「三枚おろしはできる？」

「いえ。手開きぐらいしかできません」

「なら、それでいいよ。やってごらん」

お葉は頷き、鰯の頭を落として腸《はらわた》を取り出すも、綺麗《きれい》に取れずに、失敗して潰《つぶ》してしまった。

「あ……ごめんなさい」

お葉は項垂《うなだ》れる。実は料理をするのは、久方ぶりなのだ。奉公先には料理人がいて、台所は任されていなかった。両親と一緒に暮らしていた頃は、母親をよく手伝っていたものの、料理の勘が鈍ってしまったようだ。

お繁は息をつき、腕を組んだ。

「駄目だねえ。それでは道庵先生に出せないよ。まあ、もったいないから、その失敗したのは私が食べるか。お葉、ほら、二匹目を開いてごらん。今度は上手にやりなよ」

「はい」

お繁に厳しい顔で睨《にら》まれ、お葉は小声で返す。心を落ち着かせつつ、取りかかる。

今度は腸を、指で拭《ぬぐ》うように、丁寧に優しく取り出した。

「そう。焦らないで、ゆっくりでいいからね」

お繁は隣で見ながら、声をかける。二匹目は潰すことなく腸を取り終え、水で洗い流した。手で開いた鰯はみずみずしい薄紅色で、今度は綺麗にできたと、お葉は胸を撫《な》で下ろした。

「よくできたじゃないか。その調子だ。いいんだよ、失敗しても。そこから何かを摑《つか》んでいけばね」

「はい」

お葉はいくぶん和らいだ面持ちで、頷く。三匹目は骨が硬くて取るのに苦心したが、お繁に手伝ってもらって、どうにか開くことができた。

その鰯を蒲焼《かばや》きにすると、台所に食欲を誘う芳《こう》ばしい匂いが広がる。それを丼《どんぶり》によそったご飯に載せ、たれを回しかけ、山椒《さんしょう》をかければできあがりだ。

「先生は山椒がお好きだから、多めにね。山椒にも薬効があってね、薬にも使われるんだ」

「そうなんですか」

お葉は目を見開く。

「ああ、そうさ。なにげないものにも躰《からだ》を癒《いや》してくれる力があるんだよ。まさに恵みだね」

鮮やかな翡翠《ひすい》色の粉山椒を眺め、お葉はぽつりと言った。

「裏庭に生《な》っている、棗《なつめ》の実も、薬にもお料理にも使えそうですね」

「ああ、棗は美味《おい》しいからね。先生に断ってから、実を摘んで、何か作ってみればいいじゃないか」

お葉は裏口に目をやった。そこを出れば、裏庭に通じる。

「躰にもよい、薬膳《やくぜん》料理ってことだ。あんたが作ってあげれば、先生、きっと喜ぶよ」

「そうでしょうか……」

「そうだよ。分からなければ、私も手伝ってあげるからさ。棗で何か作っておやり」

たわわに生った紅《あか》い棗の実を目に浮かべながら、お葉は頷いた。

夕餉《ゆうげ》はお繁も交え、居間に集まって、三人で食べた。道庵は黙々と、鰯の蒲焼き丼を頬張る。ほかには大根と若布《わかめ》の味噌《みそ》汁《しる》、葱《ねぎ》を載せた豆腐、大根の浅漬け。いずれもお繁に手伝ってもらって、お葉が作った。開く時に失敗した鰯を使った蒲焼きは、お繁がもらうと言ったが、お葉が自分で食べることにした。

形は悪くても、味のほうは悪くないと、自分でも思った。お葉は味噌汁を啜《すす》りながら、道庵の様子をちらちらと窺《うかが》う。道庵は相変わらず不愛想な面持ちで、食べ続ける。米粒一つ残さず平らげ、道庵はお茶を啜って息をついた。

「うむ。旨《うま》かった」

すっかり空になった丼や椀《わん》、皿を眺め、お葉の胸に安堵《あんど》が込み上げる。お繁も食べ終え、お茶を飲みながら、口にした。

「なかなかのものでしたね。この娘《こ》、鍛えれば料理の腕も伸びますよ」

二人に見つめられ、お葉はうつむく。道庵は腕を組んだ。

「俺は魚が好きでよ。躰にいいからなあ、魚は」

「お葉、聞いたかい。先生のために、魚料理の腕を磨きな」

「はい」

「楽しみにしてるぜ」

道庵の頬が緩んで見えるのは、お葉が作った鰯の蒲焼きが、思いのほか美味だったからだろうか。

道庵とお繁が話し、和やかな笑い声を立てるのを、お葉は静かに聞く。神無月《かんなづき》

（十月）が近づいてきて日に日に寒さが増す頃、お葉は心をほんのり温めながらも、まだどこか戸惑っていた。

お葉は夕餉のほかに朝餉と昼餉の用意もするようになり、昼餉以外は道庵と味わった。道庵はいつも黙々と、少しも残さずに食べ、ご馳走《ちそう》さんと言ってお茶を啜る。無駄に話をすることもない、静かな食事の刻に、お葉は気まずさを感じることはなく、微《かす》かな心地よささえあった。それはきっと、自分が作ったものを道庵が美味しそうに食べてくれるからなのだろう。

朝餉の時、裏庭から鶏の啼《な》き声が聞こえてきた。すると道庵が味噌汁を飲みながら、呟《つぶや》いた。

「朝晩は冷えるようになってきたから、そろそろ夜だけでも、小屋を油紙で覆ってやったほうがいいな」

油紙は、野菜の促成栽培にも使われる。

「そのほうが卵を産んでくれますよね」

「そうだ。今夜から、やろう。油紙で覆うのは俺がするから、遣《や》り方をお前さんも見ておけ」

「はい」

お葉は頷き、若布の味噌汁を眺めた。味噌汁に卵を落とすと、さらに美味しくなるだろうと思いながら。

炉開きが近づき、冬の足音が聞こえてくる中で、お葉の心はまだ定まらなかった。このままでは、流されるように道庵のもとに留《とど》まることになってしまいそうだ。お葉がいることについて、道庵は迷惑そうな顔をしてはいないが、内心ではどう思っているかは、分からない。

――やはり、今後のことを、一度、相談してみたほうがいいわよね。

食事の支度もできるようになったのだから、これ以上は甘えられないような気もする。次の奉公先が決まったら、お葉は道庵に少しずつでも、今までの薬礼を払うつもりだった。

とはいえ、このような懸念も浮かんできてしまう。

――新たな奉公先で、また、前の時のような意地悪をされたら、どうしよう。

お葉はもう悪い夢などは見なくなっていたが、それでも思い出したように、胸の傷が痛むことがある。

道庵のもとに来て、もうすぐ一月《ひとつき》が経つ。お葉がここで、以前のような悲しみから免れていたことは確かだ。お葉がここにいると懐かしさを覚えるのは、きっと、両親が健在だった頃の柔らかな気分に戻れるからなのだろう。

お葉の胸に、不意に、奉公先のお嬢様の多加代にぶつけられた言葉が蘇《よみがえ》った。

――お前なんか生きていたって仕方がない、なんの値打ちもない下女のくせに。

川に飛び込むまで、お葉は多加代の言葉を信じ込んでしまっていた。自分は何の値打ちもない、生きているに値しない、醜く、愚かな生き物なのだと。

だが道庵に助けられて、ここに来てからは、自分にありがとうと言ってくれる人たちがいる。そう言われると、自分が少しは誰かの役に立っているようで、お葉は嬉《うれ》しいのだ。

――こんな私でも、生きていていいのかな。

お葉はそう思えるようになってきている。ここに置いてもらえたことを感謝しつつも、その反面、お葉はまだ、道庵やお繁のことを素直には信じ切ることができない。人の心がどれほど不確かなものか、お葉は分かっているからだ。

幼い頃には親切にしてくれた親戚《しんせき》の人たちも、お葉が一人ぼっちになってからは態度を変えて、引き取ってまで面倒は見てくれなかった。せいぜい、奉公先を紹介してくれるぐらいだった。どこの家も自分たちで精一杯だったのだろうが、お葉は奉公先で眠れぬ夜に、よく思ったものだ。

——ここに追いやられるぐらいだったら、親戚のどこかの家の、土間にでもいいから、ううん、床下でもいいから、寝かせてほしかった。

そのように考えずにいられないほど、お葉は追い詰められていたのだ。おまけに、奉公先には伯母《おば》に売られたのも同然で、騙《だま》されたのだと、後から知った。そのような経験から、お葉は誰のことも信じ切ることができない。特に大人は、相手の立場を窺いながら態度を変えるものだと、気づいてしまったからだ。

またお葉は、道庵が自分に何も訊《たず》ねないことも気になるのだ。初めの頃は、親や家のことを訊ねてきたが、お葉が何も答えなかったからか、訊《き》かなくなってしまった。親については、裏庭を見せてもらった時に感極まって亡くなったことを話したが、やはり道庵はそれからも詳しくは訊ねてこない。

——先生は、私を都合のよい女中にしたいだけで、私の生まれ育ちなど、取り立てて興味はないのでしょう。

お葉が溜息《ためいき》をついていると、道庵が襖《ふすま》の向こうからまたも声をかけてきた。

「往診に行ってくるから、留守番しといてくれな」

「あ、はい」

お葉はおもむろに立ち上がり、部屋を出ていく。道庵は付け加えた。

「この前の、棗《なつめ》と南瓜《カボチャ》の甘煮。あれ旨かったから、今日の夕餉《ゆうげ》でまた作ってくれねえか」

「はい」

「それも頼んだぞ」

道庵はお葉に目配せし、診療所を出ていった。道庵の頼み事は日ごとに増えていく。お葉は戸惑いつつも考えが纏《まと》まらなくて、頼まれればそれに従うしかない。

お葉は溜息をつくも、棗と南瓜の甘煮を褒められたのは、悪い気はしなかった。

お葉は留守番をしながら、またも奥の部屋を覗《のぞ》いてみた。ずらりと並んだ書物から一冊を手に取り、眺める。医術について書かれているのだろうが、漢字が多過ぎて、読むことができない。それを棚に戻し、また別のものを手に取る。それは薬草について書かれているようで、絵を見ているだけでも楽しかった。なにやらときめき、夢中で紙を捲《めく》る。

格子戸を叩《たた》く音が聞こえて、お葉は我に返った。診療部屋を通って土間へ出る。

格子戸の向こうには、お繁の姿があった。お葉は心張り棒を外して、格子戸を開けた。

お繁はお葉に包みを差し出し、にっこり笑った。

「これ、赤ん坊を取り上げた家の人からもらったんだ。お裾分《すそわ》け。お赤飯、好きかい？」

「はい……大好きです」

まだ温かい包みを受け取り、お葉の頬が緩む。

「それはよかった。先生も好きなんだよ。一緒に食べておくれ。じゃあ、また来るね」

去ろうとしたお繁を、お葉は思わず呼び止めた。

「あ、あの」

お繁は振り返り、目を瞬かせた。

「どうしたんだい」

「棗と南瓜の甘煮、先生、美味《おい》しかったって言ってくれました。作り方を教えてくださって、ありがとうございました」

お葉はお繁に礼をする。お繁は目を細めた。

「またいつでも教えるよ。……でもさ、あんた、ずいぶん素直になったね。初めの頃は、なんだか不貞腐《ふてくさ》れていたけれど。うん、今のほうがずっと可愛いよ」

お葉はお繁を見つめた。

「あの……お茶を飲んでいらっしゃいませんか。それとも、お急ぎですか」

お葉が引き留めることなど今までなかったので、お繁は少し驚いたようだが、笑みを浮かべて答えた。

「いや、それほどでもないから、ちょいと上がっていこうか」

お葉は頷《うなず》いた。


お繁を診療部屋に上げ、お葉はお茶を淹《い》れて出した。

「ああ、美味しい。温まるね」

ゆっくりとお茶を味わうお繁に、お葉は不意に訊ねた。

「あの……道庵先生はどうしてお医者を目指されたのか、ご存じですか」

お繁はお葉を見つめた。秋の午後の柔らかな日の光が、障子窓から差している。

お繁はお茶を啜《すす》り、息をついた。

「道庵先生も、死にかけたところをお医者に助けてもらったからだよ。あんたと同じだったのさ。まあ、先生は、喧嘩《けんか》して大怪我して運ばれたんだけれどね」

お葉は目を見開いた。お繁は、道庵の来《き》し方《かた》をお葉に淡々と話した。

両替商の家に生まれた道庵は、幼い頃は何不自由なく暮らしていたが、躰《からだ》が弱かった母親が亡くなってから、事態が一変した。父親がすぐに後妻をもらったのだ。どうやら、その女とは、以前から関係があったようだった。後妻は、露骨に道庵に冷たくあたった。一年後に息子を産むと、さらに道庵を邪険にするようになった。父親はまったく味方をしてくれず後妻の言いなりで、道庵は家にいるのが耐えられなくなり、町をうろつくようになった。

その頃、道庵は齢《よわい》十五。同い歳の仲間の中には、父親のことでからかってくる者もいた。すると道庵は頭に血が上った。若さゆえか、苛立《いらだ》ちの持って行き場がなく、喧嘩に明け暮れた。父親と後妻が道庵に跡を継がせないように仕向けていることは分かっていたし、継ぐ気もなかった。

肩で風を切って町を彷徨《さまよ》ううちに、破落戸《ごろつき》たちにも目をつけられるようになった。ある時、そのような輩《やから》と大喧嘩をして大怪我を負い、町医者のもとに担ぎ込まれた。死にそうになったところを、道庵も町医者に助けられたのだ。

その挙田道誉《どうよ》という町医者は、道庵を叱りながらも、励ましてくれた。道庵の悩みを親身になって聞き、一緒に涙してくれた。

それからは改心して、その医者に弟子入りして修業を積み、今に至るのだ。独り立ちする時に、恩師から一文字もらい、道庵と名乗るようになった。挙田の姓も受け継いだ。

この時代、医学館などで学んだ医者もいたが、治療の経験を積んだ腕のよい医者が頼りにされていたのも事実だ。道庵は後者として、腕を磨いていったのだろう。

お繁はしみじみと言った。

「そのような経歴の道庵先生が、町の皆に慕われる医者になるまでには、相当な努力をなさったと思うよ。まあ、若い頃ってのは血の気が多いせいか、後々には笑い話になるようなことを仕出かしちまうんだろうね。破落戸どもと大喧嘩したり、川に飛び込んだり、ね」

お繁は茶目っ気のある笑みを浮かべ、お葉を見る。お葉はそっと目を伏せた。

少しして道庵が戻ってきて、それと入れ替わりにお繁が帰っていった。

「これ、奥の部屋に置いておいてくれ」

「はい」

往診で使った薬箱を受け取り、お葉は道庵を眺める。道庵はいつもと同じく白い小袖《こそで》に黒い十徳を羽織った姿だ。でもお葉には、どうしてか、道庵の背中がいっそう広く見えるのだった。

診療所は、月に一度か二度、休みの日がある。長月の晦日《みそか》に、道庵はお葉を釣りに誘った。しかしお葉は躊躇《ためら》いの色を見せた。溺《おぼ》れかけた者にとっては、川には苦い思い出しかない。

押し黙ってしまったお葉に、道庵は問いかけた。

「お前さん、釣りってしたことあるか？」

お葉が首を小さく横に振ると、道庵は微笑んだ。

「一度やると、嵌《はま》るぜ。俺がそうだったからな。釣りなんて、まどろっこしいって莫迦《ばか》にしてたけれど、面白えんだ。のんびりできるし、日にも当たれるからな。魚も獲《と》れるしよ」

道庵はお葉を見つめた。

「日に当たるってことも、大切なんだぜ。こんな仕事をしていると、どうしてもそいつが疎《おろそ》かになっちまう。お葉もそうみてえだから、俺に付き合え」

道庵の、有無を言わさぬ眼差《まなざ》しに、お葉は微《かす》かに頷いた。

道庵の診療所は須田町二丁目にあり、近くには菓子屋、八百屋、料理屋、塩問屋、油問屋、仏具屋、古着屋、湯屋、髪結い床、絵草紙屋などが軒を並べている。すぐ傍に神田川が流れていて、大きな火除《ひよけ》御用地もあり、昌平《しょうへい》橋の前には八《や》ツ小路《こうじ》がある。

八ツ小路とは、中山道《なかせんどう》など八つの道が集まる交通の要衝ゆえ、そう呼ばれる。つまりはこのあたりは、人通りも多く、賑《にぎ》わっているところなのだ。

船着き場から猪牙《ちょき》舟《ぶね》に乗り、柳橋《やなぎばし》へと向かう。柳橋には船宿が集まっているからだ。神田川の南には日本橋《にほんばし》の風景が、北には下谷《したや》の景色が広がり、寛永《かんえい》寺が見渡せる。紅葉にはまだ早いが、銀杏《いちょう》は色づき始めていた。

猪牙舟に揺られながら、お葉はぼんやりと江戸の町並みを眺める。お繁に湯屋へ連れていってもらうことはあるが、いつも日が沈んでからなので、日中に町に出るのは本当に久方ぶりだった。それゆえ、目に映るものが、やけに新鮮に思える。

お葉は大きく息を吸い込んだ。天気がよく、風も穏やかなので、心地がよい。しかし、お葉は川面《かわも》に目をやろうとはしなかった。なにやら見るのが怖いのだ。もし川面を見て、自分の顔が映ったりしたら、息もできぬ泥濘《ぬか》るむ苦しみの中へと、また引きずり込まれてしまいそうで。

微かに顔を強張《こわば》らせているお葉を、道庵は静かに見守っていた。

柳橋に着くと船宿へ行き、釣舟を借りた。船宿は道庵の行きつけらしく、女将《おかみ》はお葉のことを覚えていた。

「まあ、あの時の……。お元気になられて、よかったわねえ」

しみじみとする女将に、お葉は頭を下げた。

「ご迷惑をおかけしました」

道庵やお繁から詳しいことまでは聞いていないが、道庵がこの船宿で釣舟を借りて夜釣りを楽しんでいた時に、お葉を助けてくれたに違いない。その後を察するに、死にかけたお葉をおそらくはここに寝かせて息を吹き返させたのだろう。そして動かしても大丈夫なほどになってから、舟もしくは駕籠《かご》に乗せて、お葉を診療所へと移したと思われた。

とすれば、船宿の女将をはじめ船頭たちにも迷惑をかけてしまったことは明白で、お葉は身が竦《すく》む思いだった。

ふくよかで美しい女将は、優しい笑顔で、お葉の肩に手を載せた。

「いいのよ、気にしないで。顔色もよくなって……よかった、本当に」

女将は思わず涙ぐむ。女将の白い頰に伝った涙を見て、お葉の心も震えた。よく知りもしない自分のために泣いてくれる人がいることに、驚いたのだ。今度は道庵が、女将の肩に手を置いた。

「心配かけたな。この娘は、お葉っていうんだ。おかげさまで、だいぶよくなったから、釣りの楽しさを教えてやろうと思ってよ」

女将は洟《はな》を啜《すす》って頷《うなず》いた。

「お葉ちゃん、先生と一緒に、ゆっくり楽しんできてね。……先生、よかったわね。こんなに可愛い娘さんができて」

「なに、そんなんじゃねえよ」

ぶっきら棒に言う道庵に、女将は優しく微笑む。お葉はうつむいたままだった。

女将が半纏《はんてん》を貸してくれたので、それを羽織り、お葉は道庵と釣舟に乗った。道庵は、船頭がいなくても、少しぐらいなら舟を操れるようなので、二人で大川へと出た。

道庵は櫓《ろ》を漕《こ》ぎ、大川をゆっくりと上がっていく。右手には武家屋敷が多い本所《ほんじょ》の風景が広がり、左手には札差《ふださし》たちが集まっている浅草御蔵《あさくさおくら》が広がっている。

このあたりはいかにも町の光景で、お葉はふと空に目をやる。眩《まぶ》しいほどに澄んだ青天には、蝶々《ちようちよう》のような形の雲がいくつか浮かんでいた。川面から目を逸《そ》らしていても、どうしても視界に入ってきて、お葉は微かに息苦しくなる。川はどうしても、暗く、濁って見えてしまうのだ。よく見ればそうではないのだろうと思いつつも、お葉は確かめる勇気を持てない。

道庵は、浅草蔵前《くらまえ》の首尾の松のあたりで舟を停めた。松の清々《すがすが》しい香りが漂ってくる。釣《つ》り竿《ざお》を傾ける道庵を、お葉は黙って眺めていた。

「このあたりは釣りの名所なんだ。今日の夕餉《ゆうげ》は沙魚《はぜ》の煮つけといきてえとこだが、さていかがなもんかな」

釣りが真に好きなのだろう、道庵の面持ちは和らいでいる。

「お前さんもやってみるか」

「いえ……私は。見ているだけで」

お葉は首を小さく横に振る。

「そうか。まあ、気が向いたら言ってくれ。教えてやるからよ」

道庵はお葉に目配せし、水筒に入れてきたお茶を飲みつつ、釣り糸を垂らした。

お葉は松の木を眺めた。松は寒くなってきても、青々しい。

──お父つぁんは、よく、松の剪定《せんてい》を頼まれていたっけ。松には強い生命力があるって、言っていたわ。

いかにも壮健な松の木を眺めながら、病に斃《たお》れてしまった父母の姿を思い出し、お葉の胸に痛みが走る。

その時、川面から目を逸らさず、道庵が言った。

「松にも薬効があるんだぜ。松の葉を煮出して作る松葉茶ってのは、仙人が飲んだという言い伝えがあるほどでな。壮健、長寿に効き目があるんだ。今度、作ってやるよ」

「はい。……ありがとうございます」

お葉は小声で答えて、再び松に目をやる。日に照らされた、松の緑が目に眩しい。どこからか、ヒヨドリの啼《な》き声が聞こえてくる。道庵の低い声が、また響いた。

「お葉のお父つぁんは植木職人だったと言っていたよな。お前さんが草花や木々を好きなのは、お父つぁん譲りか。よい親御さんだったんだろう。お前さんを見ていれば分かるぜ」

仄《ほの》かに潮の香りがする、少し冷たい風が吹いた。それが沁《し》みたのだろうか、お葉の目から不意に涙が零《こぼ》れた。自分でも抑えることができずに、ほろほろと頬を伝った。

奉公先では貶《けな》され続けた両親のことを、褒めてもらえたので、救われたような思いになったのだ。

お葉は袂《たもと》から手ぬぐいを取り出し、それに顔を埋《うず》める。道庵は川面から目を移さず、お葉の嗚咽《おえつ》が収まってきた頃、言った。

「辛《つら》いのは、お前さんだけじゃねえよ。俺だってそうだ。家族を亡くしちまったからな。それも病で。医者だってのに、俺は救えなかった」

道庵はお葉を見て、不器用に微笑んだ。

「俺たちは仲間なのかもしれねえな」

ヒヨドリの啼き声が、また聞こえた。

お葉はどうしてか、訊《き》かれてもいないのに、自分のことを道庵に語り始めた。両親を痢病で喪《うしな》ったこと、必死に看病したのに救えなかったこと、独りぼっちになり不安を抱えたまま奉公したこと、その奉公先で酷《ひど》い虐《いじ》めに遭ったこと、それが原因で自死しようとしたこと。

途中で声を詰まらせ、涙ぐみながらも、長々と話せることが、お葉は自分でも不思議だった。きっとそれは、道庵も同じ思いだったであろう。お葉は極端に口数が少ない娘だったからだ。道庵は釣り糸を垂らしながらも、真剣な面持ちで、お葉の話を聞き続けた。

「……そのような訳で、ご迷惑をおかけしてしまいました。でも、もう、これ以上、ご厄介になっては、申し訳が立ちません。これからのことについて、考えたいと思います」

お葉は声を微《かす》かに震わせつつも、一息に話した。そして、自分の水筒を開け、お茶を飲んだ。爽《さわ》やかなお茶が、お葉の喉《のど》や胸までも潤す。辛かった思いを道庵に聞いてもらえただけで、お葉は閊《つか》えが取れたようだった。

魚が跳ね、飛沫《ひまつ》を上げる。道庵が声を響かせた。

「それならば、一度死んで生まれ変わったつもりで、暫《しばら》くは俺のもとにいて、俺の仕事を手伝ってみねえか」

お葉は道庵を見つめた。お葉には帰る場所がないことを、道庵は以前から分かっていたのだろう。道庵の厚意は胸に沁みたが、お葉は躊躇《ためら》った。

「知識が何もないから、私はちゃんとしたお手伝いなどはできません。せいぜい、お留守番ぐらいです」

十二の時から奉公に出たお葉は、字の読み書きだって不確かなのだ。

だが道庵は、そう答えるお葉に、訊《たず》ねた。

「お前さんは、医者にとって一番大切なものって、なんだと思う」

お葉は目を瞬かせ、ふと考え込んでしまう。すぐには答えられないお葉に、道庵は言った。

「患者の気持ちになって、患者を診るってことなんだ。患者の気持ちが分からなければ、悪いところを治したり、手当てするなんてことはできねえんだよ。患者だって、心がない医者なんかに、躰《からだ》を委《ゆだ》ねることはできねえだろう」

はっと気づいたように、お葉の目が見開かれる。道庵はお葉を真っすぐに見た。

「俺には分かるんだ。お前さんには、それができるってことが。お前さんなら、患者の躰だけでなく心も見ることができる。その辛かった思いが、いつか必ず役に立つ日が来るぜ。なに、やる気さえあれば、自《おの》ずといろいろ覚えていくよ。……俺もそうだったからな」

「先生がお医者を目指した訳、お繁さんから聞きました」

お葉が小さな声で言うと、道庵は眉根《まゆね》を寄せた。

「あんの、お喋《しゃべ》りめ」

お葉は思わず肩を竦《すく》める。

お葉は、はっきりではないが、茫《ぼう》と気づいていた。道庵はきっと、自分にも上手《うま》くいかない時があったからこそ、お葉の気持ちを分かってくれたのだろうと。

「ならば、分かってるな。こんな俺でも医者になれたんだ。だからお前さんだって、できねえなんてことねえよ。どうだ。俺を信じて、やってみないか」

道庵に真っすぐ見つめられ、お葉は思わずうつむいた。医者の仕事の手伝いなど、気安くできるものではないだろう。道庵の言葉を信じてよいものか、まだどこかで躊躇っている。だが、お葉はこうも思う。本当に自分が、医者の手伝いができるようになるか不安はあるが、もう、ほかには行き場がなさそうだと。

お葉は松の木に目をやり、思い出す。診療所の裏庭の草花たちと、奥の部屋で見た、生薬が仕舞われた百味簞笥《だんす》を。お葉は、どうしてか無性に、それらのものと離れがたかった。

お葉は道庵を見つめ、小さく頷《うなず》いた。

道庵も満足げな顔で頷き返し、再び釣りに夢中になる。

ゆらゆらと揺れる釣舟の上、それからは二人は静かに寄り添い、魚がかかるのをひたすら待った。結局、小さな沙魚を十四釣り上げ、夕焼けが広がる中、船宿へと戻っていった。

第二章　繊細な肌

一

神無月（十月）に入り、めっきり寒くなってきた初亥《はつい》の日には、火鉢や炬燵《こたつ》を出して炉開きをする。

診療部屋にも長火鉢を置いて、患者が冷えないように気を遣う。混んでいる時には外で並んで待ってもらうのだが、冬の時季には土間に入れて床几《しょうぎ》に座らせた。

「お待たせしました。次の方、どうぞ」

患者に声をかけるのは、お葉の務めだ。患者を診る時、道庵は白い小袖《こそで》の上に、黒い十徳を羽織っている。十徳とは医者の礼服である。お葉も白い小袖に藍色《あいいろ》の帯を結んで、白い前掛けをつけている。この姿は道庵が希《のぞ》んだもので、お繁が用意してくれた。

患者は毛氈《もうせん》の上に座り、道庵と向かい合った。伊与作《いよさく》という本所は押上村《おしあげむら》の百姓で、道庵に診てもらうために、ここまで訪れるのだ。

「おう、どうした」

「なんだか、このところ胃ノ腑《ふ》が痛えんです。何か腫物《はれもの》でもできてんじゃねえかって、心配で」

伊与作は神妙な面持ちで、胸のあたりを押えている。

道庵はまず、伊与作の顔色、目、唇、舌の色をじっくりと診た。いわゆる、「望《ぼう》診《しん》」である。望診は、患者の顔色や動作から診断することだ。

「吐き気や、腹の痛みはねえか。下痢はしてねえか」

「それらはねえです。ただ胃ノ腑が、時折、ぎゅうっと握られるように痛むんですよ」

患者に症状を訊くことを、「問診《もんしん》」という。

道庵は伊与作に顔を近づけ、息の匂いや、躰の匂いを嗅《か》いだ。声や呼吸や体臭などから診断することは「聞診《ぶんしん》」である。

次に道庵は脈を診て、伊与作の胃ノ腑のあたりをゆっくりと撫《な》でて「切診」をした。医者はこの「望診」「問診」「聞診」「切診」で、診断する。

道庵はもう一度、伊与作の匂いを嗅ぎながら、訊ねた。

「お前さんは、酒を好むよな。毎日呑《の》んでるかい」

「はい。晩酌は必ず」

「どれぐらい呑んでるんだ」

「寒くなってきたんで、三合ぐらいは」

道庵は腕を組み、伊与作を見据えた。

「寒さしのぎで酒を呑むのは、却《かえ》って冷えるぜ。お前さんの胃ノ腑の痛みは、おそらくは冷えからくるもんだ。お前さん、躰が冷た過ぎる」

「え……あ、冷えですか？」

「そうだ。酒を呑むと一時的に躰が温まるが、それで躰が勘違いしちまうんだ。いい気になって、呑んだ後で、掻《か》い巻《まき》もかけずにごろ寝したりしてねえか」

「あ、はい……確かに」

伊与作はバツが悪そうに項垂《うなだ》れる。道庵は見据えた。

「酒を呑むなとは言わねえから、その量を減らして、生姜《しょうが》湯を飲め。生姜は冷えによく効くからよ。薬も一応渡しておくぜ」

「あ、はい。いつもありがとうございます」

道庵は、傍らに置いた薬箱を開け、匙《さじ》を使い、慣れた手つきで薬を調合していく。お葉は真剣な面持ちで、それを眺めた。

「これは桂皮《けいひ》、これは延胡索《えんごさく》、これは牡蠣《ぼれい》。割合は、桂皮を四とすると、延胡索と牡蠣は三で、そのほかは……」

道庵が薬の名を呟《つぶや》きつつ調合するのは、お葉に教えるためだろう。道庵が薬を作るのは、まるで手妻《てづま》（手品）のようで、お葉は息を呑んで見つめる。

道庵は七種の生薬を併せ、安中散《あんちゅうさん》という名の漢方薬を処方し、小さな紙の包みをいくつか、お葉に渡した。これを一つに纏《まと》めて、大きな紙で包み直すのが、お葉の役目だ。

「これ、お願いする」

「かしこまりました」

お葉は小さな包みを手に、奥の部屋へと行き、纏めて包み直した。薬を扱うので、まだ緊張することもあるが、そのような時は、道庵やお繁に教えてもらったように、深呼吸をする。すると落ち着いて、再び取りかかることができた。

お葉は一つに纏めた包みを、伊与作に渡した。

「お大事になさってください」

「ありがとうございます」

礼を述べる伊与作に、お葉も丁寧に一礼する。道庵が声をかけた。

「朝昼晩と飲んでくれ。そうすれば、暫《しばら》くしたら胃ノ腑の痛みは消えるよ。これに入っている良姜《りょうきょう》って生薬が、生姜の役目を果たしてくれるぜ」

「ありがとうございます、先生。まさか冷えとは思いませんでした。よかったです、悪い腫物などではなくて」

「確かによかったが、あんまり呑み過ぎても腫物ができるかもしれねえから、ほどほどにな。呑んでも、二合ぐらいにしとけ」

「はい、気をつけます」

安堵《あんど》したからだろう、伊与作の顔色はよくなり始めている。伊与作は薬礼をお葉に渡し、帰っていった。

お葉は、まずはこのような形で、道庵を手伝っていたが、日々覚えることが多く、気を張っている。

──そのうち、お葉にも、薬を作ってもらうからな。

道庵にそう言われたからだ。お葉に覚えさせるためか、道庵は百味簞笥の引き出しに仕舞ってある生薬の名を、平仮名で書き足してくれた。だが、それを覚えるのも容易ではない。生薬の名には難しいものが多いからだ。

道庵の仕事を傍らで窺《うかが》いながら、お葉は思う。

——このようなことを、本当に私ができるようになるのかしら。

望診、問診、聞診、切診。薬の名だって初めて聞くものばかりで、これから先やっていけるかどうか、不安が込み上げる。溜息《ためいき》をつきつつもけなげに立ち働くお葉を、道庵は見守っていた。

お葉は日々、忙《せわ》しなかった。道庵の仕事の手伝いのほかにも、三食の用意と掃除、洗濯、裏庭の手入れもしなければならない。さすがにすべてをこなすのはまだ無理なので、道庵と分担してすることにした。お繁も手が空いている時は、手伝いにきてくれる。

そのほかにも、お葉は近所の店へお使いに行かされるようにもなった。白い小袖の上に、帯と同じ藍色の半纏《はんてん》を羽織って、お葉はせっせと務めを果たす。やるべきことが多過ぎて、よけいなことを考える暇もない。一日が終わる頃には、夢も見ることなく深い眠りに落ちるのだった。

上弦の月が空に浮かぶ夜、お繁が来てくれたので、お葉は一緒に夕餉《ゆうげ》を作った。道庵の仕事を手伝うようになってからは、診療所を閉めた後で食事の支度をしている。

夕餉の膳《ぜん》を眺め、道庵の顔がほころんだ。好物の、ゆり根と里芋の煮物があったからだろう。

ゆり根には滋養があり、喉《のど》や肌の渇きを潤す薬効もあることを、お葉は道庵から教えてもらった。それゆえ旬の野菜であるゆり根を、なるべく使うようにしている。美味《おい》しいうえに躰《からだ》によいものならば、食べなくては損だ。

ほくほくとしたゆり根を味わい、道庵は目を細める。道庵の満足そうな顔を見て、お葉は安心した。

「煮物もいいけれど、こちらも美味しくできたね。先生、きんぴらも召し上がってみてください」

お繁に促され、道庵は、どれ、と箸《はし》を伸ばす。きんぴらをゆっくりと嚙《か》みながら、道庵は首を傾げた。

「こいつは牛蒡《ごぼう》と……桔梗《ききょう》の根っこか」

お葉とお繁は目と目を見交わし、頷《うなず》き合った。

「そうです。お繁さんに教えてもらって作りました」

むしゃむしゃと頬張る道庵を眺め、お葉は息をつく。桔梗の根っこをささがきにし、水にさらして念入りにアク抜きしてから牛蒡と一緒に味付けしながら炒《いた》め合わせたのだ。裏庭の桔梗は花期を終えてしまったが、その根っこには滋養が残されている。桔梗の根には、喉に効き目があり、咳《せき》や痰《たん》などを治める薬効があった。

お葉は、このような薬膳《やくぜん》料理を作ることに喜びを覚えつつある。もちろん、食べることも嬉《うれ》しい。道庵の薦めで、お葉は躰が元に戻ってからも、雑穀を混ぜた玄米を食べ続けている。道庵も白米ではなく雑穀米を好むので、分けて炊く必要はない。お葉はここに来てからずっと、いわば薬のような食事を続けている。それがゆえに、一時は瀕死《ひんし》の状態だった躰がここまで戻ったのだと、お葉は思っていた。

道庵が作ってくれる薬も、当初は三種を飲まなければならなかったが、近頃は一種になっている。それだけ快復してきたということだ。穀物や野菜、草花などの力を、お葉は改めて知るのだった。

黙々と桔梗のきんぴらを味わうお葉に、お繁が言った。

「あんたさ、せっかく可愛い顔をしてるんだから、もう少し愛想をよくしたほうがいいよ。患者さんに薬を渡す時とかさ。もっと、にっこりできないもんかね」

お葉は箸を持ったまま、眉《まゆ》を八の字にする。道庵は苦い笑みを浮かべた。

「無理して笑ったりすると、お葉なら顔が引き攣《つ》っちまうだろう。そのうち、自然に笑えるようになるさ」

「……はい」

お葉はうつむきながら、雑穀ご飯をよく嚙んで味わった。奉公先では不細工と罵《ののし》られ続けたのに、ここに来てからはたまに可愛いなどと褒められる。お世辞と分かりつつもくすぐったいような思いで、どう反応していいのか本当に分からないのだ。二人に見つめられながら、お葉は静かに食べ続けた。

夕餉の片付けを終えると湯屋へ行き、帰ってきてから寝るまでは、それぞれの部屋でゆっくりする。お葉は、養生部屋の一つを与えてもらった。養生部屋は二つあるが、空いていることが多いからだ。道庵は居間をお葉にあてがおうとしたのだが、お葉は遠慮した。

——もし重症の患者さんが増えて、養生部屋が足りなくなった時は、私が居間に移ります。でも空いている時は、こちらを使わせてください。

お葉はそう願い、道庵も折れたのだった。

六畳ほどの養生部屋で一人になると、お葉は一息つき、今日を振り返る。

――萩《はぎ》の根には、特に女の人の、のぼせや眩暈《めまい》に効き目があるのよね。

道庵の仕事を手伝いながら覚えたことを、思い出す。お葉は反復しながら、ふと思った。忘れないように書き留めておきたいと。だが、紙と筆がない。道庵に頼んで貸してもらいたいが、それは明日にしようと、思いとどまった。

――夜はいつも、先生はお酒を呑《の》みながら書物を読んでいらっしゃるんですもの。お寛《くつろ》ぎのところを、邪魔しては申し訳ないわ。

行灯《あんどん》の柔らかな灯りの中、お葉は目を瞬かせる。お葉は夜、厠《かわや》に往復する途中で、何度か見たことがある。道庵の部屋の襖《ふすま》が少し開いていて、そこから灯りが漏れていたのだ。そっと覗《のぞ》いてみると、道庵は傍らに酒を置いて熱心に書物を読んでいた。その朴訥《ぼくとつ》とした後ろ姿が、どうしてかお葉の目に焼きついている。

――私も本を読んでみたいな。……でも、先生みたいに読むことはできないわ。だって平仮名ぐらいしか読み書きできないもの。漢字は読めるものも少しはあるけれど、読めないほうが多いし、書くことはまったく駄目だし。

お葉は息をつき、肩を落とす。自信のなさにまたも囚《とら》われるも、覚えたことを平仮名で書き留めておきたい思いは、消えることはなかった。

翌朝、井戸から水を汲《く》むために裏庭に行くと、鶏が卵を産んでいることに気づいた。それも二つ。

朝餉《あさげ》に玉子焼きを作って出し、道庵が目を細めたところで、お葉は紙と筆につい て頼んでみた。朝餉の後で、道庵は墨と硯《すずり》も添えて、お葉に渡してくれた。

「俺やお繁さんが教えられることはいつでも教えるから、その気になったら言ってくれ」

「ありがとうございます」

道庵は、おや、というような顔をした。お葉の声がいつもよりやや大きく、はっきりしていたからだろう。お葉は紙と書道具を、胸に抱き締めた。

診療所を開けると、お客は次々に訪れた。お葉は今日も白い小袖《こそで》に身を包んで、道庵の傍らで仕事を覚えていく。道庵が白い着物を希《のぞ》んだのは、清らかな印象があって、汚れがすぐに分かるからだろう。患者を診る者は身なりにも気をつけるべきだと、道庵はよく口にしていた。お繁は白い小袖を二枚用意してくれたので、お葉は洗濯を欠かさなかった。

四つ（午前十時）を告げる時の鐘が響いた頃、齢《よわい》三十ぐらいの女が、娘を連れて訪れた。お葉はその娘の顔と手を見て、目を瞬かせた。酷《ひど》くかぶれて、真っ赤になっていたからだ。母娘《おやこ》の身なりから察するに、よい家の者たちだと分かる。だが娘は肌のせいで引け目を感じているのだろう、下を向いたまま、沈んでいた。

――可愛らしいお顔なのに……どうしたというのかしら。

お葉は心配しつつ、二人を診療部屋へ通した。道庵は娘の目や肌の具合をよく見てから、母親に訊《たず》ねた。

「こうなったのは、いつ頃からかい」

「先月の終わりからです」

「そうか。お嬢ちゃん、痒《かゆ》くはねえか」

「痒い……です」

娘は小さな声で答える。道庵は娘の腕をもう一度よく見た。

「すると、雁瘡《がんがさ》かもしれねえな」

雁瘡とは皮膚病の一種であり、季節柄のものだ。麻疹《はしか》のようなできものが躰に広がり、非常に痒い。雁が渡ってくる頃にできて、去る頃に治ることから、その名で呼ばれるようになった。今の時季にちょうど雁が渡ってくるので、雁瘡に罹《かか》っていることはあり得る。

娘を眺めながら、母親は溜息《ためいき》をついた。

「この娘《こ》は生まれつき肌が弱くて、今までもいろいろなお医者様にかかっているんです。ここ暫《しばら》くは落ち着いていたのですが、半年前頃から少しずつ、また調子が悪くなってきてしまって。ついには、このようなことに」

娘の肌はかぶれるどころか、腫《は》れあがっているところもある。道庵はじっくりと眺めた。

「前から肌が弱いのか。じゃあ、雁瘡ではねえかもしれねえな。何か薬は塗っているのかい」

「はい。ここへ来る前、別のお医者様に診ていただいたのです。私どもは日本橋に住んでおりますので、その近くのお医者様に。その方に蘆薈《ろかい》（アロエのこと）の塗り薬を渡されまして、それを塗り続けておりましたところ、ますます酷くなってきてしまったんです」

道庵は頷《うなず》いた。

「分かったぜ。それだ。その蘆薈の塗り薬が拙《まず》かったんだ」

お葉は傍らで話を聞きながら、首を傾げた。蘆薈は医者いらずの万能薬と言われ、お葉も小さい頃からよく使っていたからだ。母親と娘も、驚いたような顔をした。

「でも……お医者様は、これを塗っていれば必ず治る、と」

「その人に合わねえ薬をいくら塗ろうが飲もうが、よくなる訳ねえよ。蘆薈ってのは、特にそうだ。合う者にはよいが、合わねえ者が使うと、酷い症状が現れる。真っ赤になって腫れあがったりするんだ」

道庵は娘の手に触れ、訊ねた。

「痛くはねえかい」

「少し……」

娘は消え入りそうな声で答える。だが母親は道庵を些《いささ》か怪訝《けげん》そうに見ていることに、お葉は気づいていた。おそらくは、道庵の医者らしからぬ、べらんめえな物言いが、気に懸かるのだろう。このような身なりの者たちならば、もっと丁寧な言葉遣いの医者にかかっていたはずだと、お葉でも気づく。それでも娘の肌が治らずに困り切っていたところ、どこかで道庵の噂を耳にして、ここを訪れたのだろう。

二人は、日本橋は瀬戸物町《せとものちょう》の飛脚問屋〈三浦屋《みうらや》〉のお内儀と娘で、それぞれお久《ひさ》、お澄《すみ》といった。お久は三十二、お澄は八つとのことだ。

道庵はお澄のために、煎《せん》じ薬《ぐすり》を処方した。薬箱を開け、お葉に指示する。

「柴胡《さいこ》を取ってくれ。次に茯苓《ぶくりょう》。それから……」

お葉は緊張しつつ、薬を取り出し、道庵に渡す。道庵は十一種の生薬を併せ、十《じゅう》味《み》敗毒湯《はいどくとう》を作り、お久に渡した。この薬は、麻疹や膿《うみ》を持つ皮膚疾患に効き目がある。

「家に帰ったら、これを煎じて飲ませてみてくれ。それで少し様子を見よう」

「ありがとうございます」

「これを飲めば、ひとまずはよくなるとは思うが、生まれつき肌が弱いのなら、根本的に治していかなくちゃな。食べ物なども考えなくてはならねえ」

「さようですか……」

お久は不安げな顔をしている。道庵はお葉に声をかけた。

「奥の部屋に行って、お嬢ちゃんに薬を塗ってあげてくれ」

「あ、はい」

道庵は立ち上がり、お葉を促した。

「薬もあちらの部屋にある。ちょっと来てくれ。お嬢ちゃんもな」

「はい」

お葉も腰を上げ、お澄を連れて、道庵に続いて奥の部屋へと向かった。

道庵は百味簞笥《だんす》から赤い容《い》れ物を取り出し、お葉に渡した。

「潤肌膏《じゅんきこう》という塗り薬だ。これを塗ってくれ」

「かしこまりました」

蓋《ふた》を開けると、生薬と、仄《ほの》かに胡麻油《ごまあぶら》の匂いがした。それもそのはず、潤肌膏は、紫根《しこん》、当帰《とうき》、胡麻油、蜜蠟《みつろう》を併せて作る。

紫根には解毒、抗炎の作用があり、潤肌膏は患部を治し、その名のとおりに肌を潤し滑らかにする。潤肌膏の作り方については、明《みん》の外科医であった陳実功《ちんじっこう》の著『外科正宗《げかせいそう》』、元和《げんな》三年（一六一七）刊に明記されている。

「頼んだぞ」

道庵はそう告げ、診療部屋へと戻る。お葉は赤紫色の薬を指に取り、お澄の躰《からだ》に塗り始めた。

「少し沁《し》みるかもしれないから、痛かったら言ってね」

「はい」

お澄は小さな声で返事をし、左腕をお葉に差し出す。袖《そで》を捲《まく》ってみると、一面が赤くかぶれている。お葉は痛々しく思いながら、丁寧に薬を塗っていった。小さな部屋に、紫根の強く独特な香りが漂う。

お葉は、道庵から学んでいた。手当てとは、手で患者に触れ、手に込めた力で患者を治すことなのだ、と。その教えを思い出しながら、お葉はお澄の肌に触れ、懸命に薬を塗る。

すると、お澄がぽつりと言った。

「ごめんなさい」

お葉は目を上げ、お澄を見つめた。

「どうして謝るの。……どこか痛かった？」

お澄は首を横に振った。

「違うの。私が汚い肌だから……お薬を塗るのは嫌かと思って」

「そんな。ちっとも思っていないわ、そのようなこと。もしかしたら沁みるんじゃないかしらって、心配しながら塗っていたのよ」

お葉が慌てて答えると、お澄は微《かす》かに頷き、うつむいた。

「ならば、よかった。……おねえちゃん、少し怖い顔をしていたから。私の肌が気持ち悪いのかと思ってしまったの」

お葉は愕然《がくぜん》とした思いで、お澄を見つめた。そして、今、分かったのだ。昨夜の夕餉《ゆうげ》の時に、お繁に言われたことの意味が。

――あんたさ、もう少し愛想をよくしたほうがいいよ。もっと、にっこりできないもんかね。

それはきっと、顔を強張《こわば》らせてばかりだと、患者にこのような勘違いをされることがあると見越しての忠告だったのだろう。

お葉はまた一つ学んだような思いで、態度を改めることにした。すぐには、にこやかになることはできないが、努めて穏やかな面持ちを作る。かぶれた肌に薬を塗ることを気持ち悪がっていると思われるなんて、懸命に手当てをしようとしているお葉にとっては、あまりに悲しく、心外だ。お澄の誤解を解きたかった。

お葉は姿勢を正して、お澄に向き合った。

「勘違いさせてしまって、ごめんなさいね。私、このお仕事を始めて日が浅いから、まだどうしても緊張しちゃうの。それに加えて、お澄ちゃんのお肌を治したくて、真剣になってしまって、それで怖い顔つきに見えたのだと思うわ」

お澄はお葉を見つめ、円《つぶ》らな目を瞬かせた。

「私こそ、勘違いしてしまって、ごめんなさい。おねえちゃん、丁寧に塗ってくれていたのに」

お葉の真摯《しんし》な思いが伝わったのだろう、お澄は分かってくれたようだ。

「お澄ちゃん、私のこと、許してくれるのね」

「本当にごめんなさい。……私、これまでも肌がよくかぶれることがあって、そのたびに気持ち悪いって言われていたから。それでおねえちゃんもそうなんじゃないかって、思ってしまったの」

お葉は眉根《まゆね》を寄せた。

「そんなことを誰に言われたの？」

「同じ手習い所やお稽古《けいこ》事に通っている子たちに。……伝染《うつ》るから近づくな、って」

お澄の声が掠《かす》れ、円い目から涙がほろほろと零《こぼ》れる。その姿を見て、お葉の心も痛んだ。以前の自分を思い出し、身につまされたのだ。

お葉は思わず、お澄の小さな手を握り締めた。お澄はしゃくりあげながら、お葉を見つめる。お葉はお澄に微笑んだ。

「もう、大丈夫よ。これから少しずつ治していきましょう。道庵先生に診てもらっていれば、必ずよくなるわ。……私も、そうだったから」

「おねえちゃんも、どこか悪いところがあったの」

洟《はな》を啜《すす》りながらお澄が訊《たず》ねる。

「そうよ。命が危うかったところを、先生が救ってくださったの」

「元気になったのね。人のお手当てができるようにまでなるなんて、凄《すご》いわ」

お澄に素直に感心され、お葉は含羞《はにか》む。

「ありがとう。でも、まだまだ駆け出しですもの」

お葉はお澄の腕を取り、優しく撫《な》でるように薬を塗っていく。お葉が微笑んでいるから、それにつられるかのように、お澄の顔も和らぐ。お澄は心が落ち着いたのだろう、少し沁みても我慢できるようだった。

――このお薬が効きますように。お澄ちゃんの肌が少しでも早くよくなって、悲しみから逃れられますように。

お澄の身の上を知り、自分と重なり合うところがあったので、治したい気持ちはますます強まる。

お葉は手に願いを籠《こ》め、その手でお澄の肌に触れ、さすり、癒《いや》していく。お葉の手当てを受けながら、お澄は心地よさそうに、子猫のように目を細めていた。

全身に薬を塗り終えて、それが乾いてから、お葉はお澄に着物を着せてあげた。すぐに着せると、薬の色が移ってしまうと思えたからだ。

「よく我慢したわね。痛くなかった？」

帯を結びながらお葉が訊ねると、お澄は首を横に振った。

「少し沁みることはあったけれど、痛くはなかったわ。おねえちゃんが優しく塗ってくれたからよ。おねえちゃん、ありがとう」

お澄はお葉に向かって、微笑んだ。顔の赤みや腫《は》れが、既に引き始めているようにも見える。

お澄の愛らしい笑顔は、お礼の言葉とともに、お葉の胸に沁み入った。お葉はお澄の肩を抱きながら、診療部屋へ戻った。

その間に、道庵は数日分の十味敗毒湯を作っていた。お葉はそれを丁寧に包み、お久に渡した。

道庵は、お澄の肌の具合をもう一度診た。

「大丈夫そうだな。じゃあ、潤肌膏も少し渡しておこう。毎日、必ず躰中に塗ってくれ」

道庵は立ち上がり、再び奥の部屋に行く。赤い容れ物に入った潤肌膏を、別の小さな容れ物に分けて、それもお久たちへ渡して告げた。

「暫《しばら》く様子を見て、これらの薬が効くようだったら、また来てくれ。もしかぶれなどが酷《ひど》くなる場合は、すぐにやめて、相談してほしい」

　お久は娘の顔や手を、しげしげと見た。

「なにやら、既に治まってきているみたいです」

「うむ。今のところはな。だが、少し経ってみねえと分からねえ。だから、薬の量は守ってくれ。多く飲んだり、多く塗れば効くってものでもねえからよ」

　道庵の相変わらずの口調に、お久は軽く眉根を寄せつつも礼を述べた。

「娘を診てくださってありがとうございました。では様子を見て、また伺います」

「おう、お大事にな。……おっと、それから食事だが、言いつけは守ってくれよ」

「はい。玄米もしくは麦ご飯に、若布《わかめ》と油揚げと野菜のお味噌汁《みそしる》、焼き鮭、納豆、ですよね」

「そうだ。それを暫く続けてくれ。肌を治すには、それらの食い物が一番いい。ほかのものはいらねえぐらいだ」

　お久は道庵に頷《うなず》くも、お澄を見て、溜息《ためいき》をついた。

「でも……この子、玄米や麦ご飯を食べられますか、どうか」

　するとお澄はお葉に目をやりながら、言った。

「私、頑張って食べるわ。おねえちゃんも、先生に治してもらったんですって。だから、先生が仰《おつしや》ることを守れば、私もきっと治ると思うの」

お久は娘の頭を撫でる。お澄の意志が伝わってきて、道庵とお葉の顔もほころんだ。

その夜、部屋で一人になると、お葉は胸をときめかせながら、墨を硯《すずり》で磨《す》り、筆先につけて、紙と向き合った。墨の匂いを吸い込むと、お葉の胸はいっそう高鳴る。道庵は取《と》り敢《あ》えずと言って、紙を二十枚ほどくれた。今日から、この紙に、仕事で学んだことや覚えたことを記していくのだ。紙を捲《めく》って、お葉は思う。この手触りや匂いを感じるのは、どれぐらいぶりだろう、手習い所に通っていた時以来ではないか、と。

――道庵先生は、紙が足りなくなったらまた言ってくれ、と仰った。ある程度の量になったら……纏《まと》めて、一冊の帳面を作ろうかしら。

そのような考えが浮かび、お葉はますます昂《たかぶ》る。これから自分だけの帳面を作っていくのだ。では、まず、帳面の題名はどうしようと考えた。一番初めの紙に、書く言葉でもある。

悩みながら、お葉はふと思い出した。診療所の仕事を手伝い始めた日に、道庵がお葉に『医心方《いしんぽう》』について語ったことを。

『医心方』はこの国に現存する最古の医術の本で、平安《へいあん》時代に書かれたものだという。朝廷に献上されて宮中に納められていたが、室町《むろまち》時代に典薬頭《てんやくのかみ》だった半井《なからい》家に下賜されて以降も秘蔵とされていて、幕府の者たちも未《いま》だに見ることができないようだ。

医術の概論から、ありとあらゆる病とその治し方について記された『医心方』を、道庵も喉《のど》から手が出るほど読みたいようだが、まだ先のことだろうなあ、と苦々しく笑っていた。

漢字が得意でないお葉に、道庵は教えてくれた。〈いしん〉という字は、〈医の心〉と書くのだと。

「医の心……」

小声で呟《つぶや》きながら、胸に手を当てる。お葉にも『医心方』をいつか読んでみたい気持ちはあるが、まずは道庵の医の心を、もっと深く知りたかった。

お葉は筆を持ち、紙にしたためた。《いしんちょう》、と。久しぶりに書いたので、決して上手には書けなかったが、それでもお葉は目に涙が滲《にじ》みそうなほど満足した。

そして、その一枚目の紙には、道庵の教えも記した。

『いのこころ　てあて　てにこめたちからでひとをすくうこと』

そして次の紙に、しっかりと書き留めた。

『てあてをするときは　えがおをわすれずに　えがおはかんじゃさんをふあんにさせない』

お繁に忠告され、実際にお澄の手当てをしている時に、はっきりと学んだことだ。それを医心として、胸に刻み込むかのように、お葉は自分の文字を何度も読み直す。

――道庵先生が無愛想なところがあるから、私はその分、にこやかにしていたほうがいいのかも。そのほうが、釣り合いが取れるわね。

行灯《あんどん》の灯りの中、道庵の仏頂面を思い出して、お葉は微《かす》かな笑みを浮かべる。文字が乾くと、お葉は記した紙を、大切にそっと胸に抱いた。

二

潤肌膏はお澄の肌には合ったようで、少しずつよくなっていった。お久はお澄を連れて診療所に通ってくるようになった。道庵が往診を引き受けてもいいと言ったのだが、お久は断った。お澄は手習い所も休みがちで引き籠《こも》っていることが多いので、診療所へ来ることがよい気晴らしになっているようだ。

三度目の治療の時、お久は嬉《うれ》しそうに告げた。

「おかげさまで、この子、玄米ご飯にも慣れて参りました」

「それはよかった。赤みはだいぶ引いたようだな。お澄ちゃん、もう痒《かゆ》くはないかい」

「はい。……時々、痒くなる時がありますが、前みたいな我慢できないものではありません」

「そうか。じゃあ、まだ暫くは薬を塗ってもらうか」

道庵に頼まれ、お葉は奥の小部屋で、お澄にまた潤肌膏を塗ってあげた。お澄を緊張させぬよう、努めて笑顔でいる。お澄の病は命に関わることではないので、それも不謹慎ではないと思えた。

「お澄ちゃん、玄米ご飯を食べられるようになったのね。偉いわねえ」

「初めは食べにくかったけれど、慣れるとそうでもないわ。……お饅頭《まんじゅう》やお煎餅《せんべい》が食べられないのは、残念だけれど」

「先生に、駄目と言われてしまったものね」

お澄は寂しげな顔で頷く。お澄はどうやら菓子が好きらしく、それを我慢することが苦痛のようだ。

お葉はお澄の全身に薬を塗りながら、肌の具合を見ていた。腫《は》れはすっかりなくなり、赤みは落ち着いて、白い肌も僅《わず》かに見えてきている。薬を塗り始めて七日ほどでこの状態ならば、確かに効いているのだろう。

「お澄ちゃん、せっかくよくなっているのだから、お菓子はやっぱり当分やめておこうね。それから痒い時は、冷やすといいわよ。濡《ぬ》らして絞った手ぬぐいを、当てておくの。そうすると痒みが引くから」

「教えてくれてありがとう。おっ母さんに伝えておくわ」

二人は頷き合う。お葉はお澄の顔から爪先まで丁寧に塗り終え、着物を着るのを手伝った。

お久とお澄が帰ると、道庵はお葉に言った。

「お前、潤肌膏を作ってみねえか」

「えっ」

お葉は目を丸くして、言葉を失う。道庵は眼鏡を外し、眉間《みけん》を揉《も》んだ。

「なに、そんなに尻込《しりご》みしなくても、お葉なら作れるぜ。併せる薬の種類も、それほど多くねえからな。それに、お前、俺が薬を作る時、食い入るように見ているじゃねえか。作ってみてえんだろう」

真意を見抜かれたようで、お葉は項垂《うなだ》れる。父親も愛《め》でていた草花から採れる生薬を、併せてみたい気持ちは、確かにあった。しかし、薬を作ることは、やはり荷が重いようにも思えるのだ。

――分量などを間違えて、危ないものを作ってしまったら、どうしよう。もし、それでお澄ちゃんのせっかく治りかけているお肌が、元に戻ってしまったら……。

不安が過《よぎ》って、お葉は答えることができない。道庵は息をついた。

「大丈夫だ。なに、俺も初めは怖かったぜ。少しの匙《さじ》加減で、相手を死なせちまったらどうしよう、ってな。でも、まあ、塗り薬だし、それはねえよ。今日、仕事が終わったら教えてやるから、一度、作ってみろ」

道庵は厳《いか》めしい顔をして、有無を言わさぬような目つきでお葉を見る。まるで蛇に睨《にら》まれた蛙の如き心持ちになり、お葉は身を強張《こわば》らせ、「はい」と頷《うなず》いてしまった。

夕餉《ゆうげ》を食べ終えた後で、お葉は道庵から、潤肌膏の作り方を習った。診療部屋の奥の部屋で、七輪に鍋《なべ》を載せて用意する。

「紫根を十とするなら、当帰は七の割合だ。胡麻油《ごまあぶら》は紫根の九倍。蜜蠟《みつろう》は紫根の二倍半と少し。その分量で併せていけ」

道庵は匙の種類をいくつか持っていて、大きめのものから小さめのものまで揃っている。それらを使い分けて、巧みに量り、調合していく。

お葉は緊張のあまり、手を微かに震わせながら、鍋に胡麻油を入れていった。少し熱して水気を飛ばしたそれに、今度は蜜蠟を加える。蜜蠟とは、蜜蜂の巣を構成する蠟のことで、塗り薬の基盤となる。それらを加熱して溶かし、当帰、紫根を順に加えていく。焦がさぬように混ぜ合わせ、綿布で濾《こ》し、冷ましながら固めて、完成となる。

「全体をゆっくりと搔《か》き混ぜてみろ」

道庵に教えられながら、お葉は篦《へら》で攪拌《かくはん》するも、おぼつかない。

すると道庵が手助けしてくれた。

「よく見ていろ。こうして、ざっくり混ぜるんだ。なに、怖気《おじけ》づくことはねえ。料理をしているようなもんだ」

お葉ははっとして、胸を押えた。七輪や鍋や胡麻油を使うところなど、確かに料理に似通っている。煮て薬効成分を抽出して、濾すなどは、出汁《だし》を取る感覚にも近い。

それに気づくとなにやらホッとして、お葉の顔の強張りも解ける。道庵に篦を返してもらい、ゆっくりと均一に混ぜ合わせていった。

綿布で濾したものを容《い》れ物に流し込み、固まらせる。粘り気のある赤紫色の塗り薬を作り終えた時には、寒い季節というのに、お葉の額には薄らと汗が滲《にじ》んでいた。

道庵は、お葉が作った潤肌膏を眺め、指で掬《すく》って自らの肌に塗り、匂いも嗅《か》いでみて、頷いた。

「これでいいんだ。お葉、よくできたじゃねえか」

お葉は大きく息をつき、額を腕で押えた。疲れが押し寄せるとともに、躰《からだ》の奥から喜びが沸々と込み上げる。

――私が、薬を作ることができたなんて。

その時お葉は、どうしてか久しぶりに思い出した。お前なんか生きていたって仕方がない、なんの値打ちもない下女のくせに、と多加代に言われたことを。

複雑な面持ちになったお葉を、道庵は真っすぐに見つめた。

「これからはお澄の薬は、なるべくお前が作ってやれ。お澄はお前に懐いているから、きっと喜ぶぜ。俺が作るものより、治りが早くなるかもしれねえ」

「そうでしょうか……」

「そうだ。お葉、くだらねえことで悩んでる暇なんて、お前にはもうねえぜ。これからもっといろいろなことを覚えていかなきゃならねえんだからな」

道庵はお葉の肩を優しく叩《たた》き、診療部屋を出ていった。一人残されたお葉は、少しの間、自分が初めて作った薬を眺めていたが、おもむろに立ち上がった。

——道庵先生から教えてもらった作り方を、忘れないうちに早く書き留めなければ。

お葉は、完成した薬を棚に置き、七輪に使った炭を火消し壺《つぼ》に移し、行灯《あんどん》の灯りを消して、自分の部屋へと向かった。


翌日、お葉は道庵に許しをもらい、自分が作った食べ物を、お澄に届けにいった。昨夜の薬は初めて作ったものゆえ、まだ渡すには忍びなく、それはやめておいた。薬作りに慣れて、もっと上手になってからのほうがよいと思ったのだ。

食べ物を包んだ風呂敷《ふろしき》を抱え、白い小袖《こそで》に藍色《あいいろ》の半纏《はんてん》を羽織った姿で、お葉は神田から日本橋へ向かって歩いていった。お澄たちが住んでいる瀬戸物町は、大きな通りを真っすぐに南に行けば辿《たど》り着く。瀬戸物町は、小舟町《こぶなちょう》の近くで、日本橋川と掘割に囲まれており、飛脚問屋が何軒か集まっているところだった。

三浦屋はなかなか立派な構えで、お葉は少々怖気《おじけ》づいたが、中に入って番頭らしき者に声をかけてみた。

「あの……。私、お嬢様が通っていらっしゃる診療所の者なのですが。お澄さんはいらっしゃいますでしょうか」

「あ、はい。お内儀様を呼んで参りますので、少しお待ちくださいませ」

その者は丁寧に言うとすぐに奥へ行き、お久を連れてきた。

「まあ、お葉さん。お世話になっております。……あら、この前、薬礼をお渡しするのを忘れてしまいましたっけ」

お葉が突然現れたので、お久は驚いて勘違いしたようだ。お葉は慌てて、手を顔の前で振った。

「いいえ、ちゃんといただいております。今日はお澄ちゃんにお渡ししたいものがあって、お伺いしてしまいました。勝手な真似をして、申し訳ございません」

深々と頭を下げるお葉に、今度はお久が慌てた。

「そのような訳だったのですね。お気遣いいただいて、こちらこそ、すみません。お澄を連れて参りますので、少しお待ちくださいね」

お澄がお葉に懐いているのはお久も分かっているので、お葉の訪問は歓迎だったようだ。

お澄を待つ間、お葉は店を眺めていた。飛脚問屋だけあって様々な人々が出入りをし、活気に溢《あふ》れている。しかし、お澄の父親らしき者の姿は見当たらなかった。

お澄はお葉の顔を見るなり、おねえちゃん、と大きな声を上げて駆け寄ってきた。お澄の無邪気な笑顔につられて、お葉の顔にも自然な笑みが浮かぶ。

「お澄ちゃん、ごめんね、突然来ちゃって」

「ううん。とっても嬉《うれ》しいわ。……ねえ、おっ母さん。おねえちゃんと、お外で少し話してきてもいい？」

お久は息をついて、娘の頭を撫《な》でた。

「我儘《わがまま》言っては駄目よ。おねえちゃんだってお仕事があるんだから」

するとお澄は円《つぶ》らな目でお葉を見上げた。

「本当？　すぐ帰らなくちゃいけないの？」

「ううん。そんなことはないけれど、おっ母さんの言うことを聞いたほうがいいわ。勝手に外に出てはいけないのでしょう」

お葉はお澄に言い聞かせるように話すも、お久が口を挟んだ。

「そんなことは、まったくございません。前にも申し上げましたが、肌の調子が悪くなってから、この子、家に籠《こも》っていることが多くなってしまって。だから、たまには外で遊んでほしいという思いはあるんですよ」

お葉は、母娘を交互に見た。

「ならば、私、お澄ちゃんと一緒に、少しお散歩してきてもよろしいですか？　すぐに戻って参りますので」

「あら、そうしてくださるとありがたいですわ。お葉さん、お願いできるかしら」

「はい。お澄ちゃん、必ず無事にお返ししますので」

和やかに話すお葉とお久を見上げ、お澄は無邪気にはしゃいだ。

「おねえちゃんとお散歩できるなんて嬉しい！　早くいきましょうよ」

そのようなお澄を、店の者たちも優しげな眼差《まなざ》しで眺めている。お久に見送られ、お葉はお澄を連れて、散歩に出た。

掘割に架かる雲母橋《きらずばし》の傍の小さな稲荷《いなり》で、お葉はお澄に包みを渡した。稲荷には、薄紫色の藤袴《ふじばかま》の花が楚々《そそ》と咲いている。その花の近くで、お澄は包みを開き、目尻《めじり》を下げた。黄粉《きなこ》棒のような菓子が現れたからだ。

お澄のためにお葉が、肌に効き目のある、黒胡麻《くろごま》と黄粉と蜂蜜《はちみつ》を併せて固めて作ったものだ。

「おねえちゃん、ありがとう！　お菓子、ずっと食べたかったの。……でも、これは本当に食べてもいいの？」

「大丈夫よ。お澄ちゃんのお肌のことを考えて、お肌によいものばかりで、私が作ったものだから。先生にもお許しをもらっているわ」

お葉が微笑みかけると、お澄は安心したように、黄粉棒を一つ手に取って、味わった。

「ほんのり甘くて、とっても美味《おい》しい」

満面に笑みを浮かべるお澄の頭を、お葉は優しく撫でた。

藤袴の花を眺めながら、お葉とお澄は話をした。日の光の中で見ると、お澄の肌はよくなったとは言っても、湿疹《しっしん》の跡がまだ痛々しい。お澄は目を細めて菓子を食べながら、不意にお葉に訊《たず》ねた。

「道庵先生は、おねえちゃんのお父つぁんではないのよね」

お葉は微《かす》かな笑みを浮かべた。道庵の娘や姪《めい》に間違われることは、しばしばあるのだ。孫と思われたことも、一度ある。

「違うわ。私は先生のお手伝いをしているだけよ」

「じゃあ、お弟子さんね」

「どうかしら。まだそこまでいっていないわ」

お澄はお葉を見つめた。

「おねえちゃんは、本当のお父つぁんと暮らしているんでしょう」

「ううん。私は先生のところに住まわせてもらっているの。……本当のお父つぁんは、もう亡くなってしまったから。おっ母さんも」

するとお澄は目を瞬かせ、うつむいた。

「そうだったの。ごめんなさい」

「謝らないで」

お葉はお澄の小さな肩を抱き寄せた。

「だからね、お澄ちゃんが羨《うらや》ましいわ。ご両親がいるのですもの」

「そうかしら。……私はおねえちゃんが羨ましいわ。道庵先生と仲がよくて」

お葉はお澄の顔を見た。赤みは引いているものの、ふっくらとした頰の荒れはまだ治まっていない。

「お澄ちゃんだって、お父っ様やおっ母様と仲がよいのでしょう？」

「二人とも私には優しいわ。でも、お父つぁんとおっ母さん、あまり仲がよくないの」

お澄のあどけない顔に影が射したように見えて、お葉は言葉に詰まる。風が吹き、藤袴の花の甘い香りが漂った。

お澄はうつむきながら、黄粉棒をぽりぽりと齧《かじ》る。お澄のこのような悲しげな顔を見たのは、お葉は初めてだった。

「お父っ様とおっ母様、喧嘩《けんか》したりするの？」

「たまにしてるわ。お父つぁんが家にいる時は」

「いないことも多いの？」

「うん。おっ母さん、それで怒るんだと思う」

お葉はお澄の肩をそっとさすった。

「よくある夫婦喧嘩《げんか》だから、すぐに仲直りするわよ。お澄ちゃんが心配することないわ」

お澄はお葉をじっと見つめた。その円らな目は潤んでいる。

「そうかしら」

お葉は頷《うなず》いた。

「そうよ。ご両親とも、お澄ちゃんには優しいのでしょう。よいお父っ様とおっ母様ではないの。何も気にすることはないわ」

お澄も小さく頷く。日溜《ひだ》まりの中で、二人は暫《しば》し佇《たたず》んでいた。


お葉はお澄を三浦屋へ送り届け、帰っていった。

お澄を励ましたものの、その寂しげな面持ちや、両親について語ったことが、やけにお葉の心に引っかかってしまった。

それで、夕餉《ゆうげ》の時に、お葉は道庵にお澄のことを話してみた。

「もしかしたらお澄は、両親の不仲が気懸かりで、それもあって、よけいに肌を傷めてしまったのかもしれねえなあ。……そういえば、あの母親も、顔色があまりよくなかったな」

「ああ、確かにそうですね」

お久は時々、酷《ひど》く疲れた顔をしていることがあった。それは娘の病を気に懸け過ぎてのことだと、お葉は思っていたが、どうやらそれだけでもなさそうだ。

――道庵先生は前々から、心と躰《からだ》は繋《つな》がっていると仰《おっしゃ》っていた。お澄ちゃんが心に抱いている懸念が、躰にまで現れてしまっているとしたら……。

心が躰に及ぼす影響を、お葉は改めて考えるのだった。

それから三日ほどして、お久がお澄を連れて診療所を訪れた。道庵はいつものようにお澄を診て、お葉に声をかけた。

「今日はお前に塗り薬を作ってもらおう」

お葉は顔を強張《こわば》らせた。作れるようになったばかりというのに、まさかこれほど早く任されるとは思わなかったからだ。お久とお澄が、お葉を見つめる。お葉が答えずにいると、道庵は声を響かせた。

「俺はここで飲み薬を作るから、お前はあちらの部屋で作ってくれ。お繁さんに声をかけて、見ていてもらえ」

お繁は今日は手が空いているようで、昼餉を作りにきてくれている。お澄が無邪気に言った。

「おねえちゃん、頑張ってね」

お葉は姿勢を正した。ちゃんと作れるか不安があっても、こうなればもう、やるしかない。

「お澄ちゃん、待っていてね」

お葉はそう告げると腰を上げ、台所へと向かった。お繁をすぐに連れてきて、間違いがないよう見ていてもらいながら、塗り薬を作り始める。

道庵は匙《さじ》を多く揃えているが、その中でも塗り薬用のものを使う。大、中、小とあって、大匙は、小匙の十倍の量を掬《すく》うことができる。中匙は、小匙の五倍の量だ。

お澄に処方している潤肌膏を作るには、割合でいえば、大匙一杯の紫根を用いるならば、当帰は小匙七杯、胡麻油《ごまあぶら》は大匙九杯、蜜蠟《みつろう》は大匙二杯に小匙七杯となる。

しかしお葉は緊張と焦りで、どうしてか蜜蠟の量を、小匙で九杯にして併せてしまった。

「足りないよ、それじゃ」

口を出さずに見ていたお繁が、声を響かせる。お葉は我に返った。

「あ……」

小匙で加えてしまったので、追加する量が分からなくなり、混乱する。冷静に考えれば、後、大匙一杯と小匙八杯、あるいは大匙一杯と中匙一杯と小匙三杯と分かるのだが、お葉は動転してしまう。

——どうしよう。

お繁は息を吐いた。

「仕方ないね。初めからやり直しだ。お葉、焦るんじゃないよ。ゆっくりでいいから丁寧にやってごらん」

「はい」

お葉は唇を噛《か》み締め、再びやり直す。お繁は、お葉がまだ不慣れなうちは、分量が分からなくなった時は下手に計算せずに、初めからやり直すほうがよいと思ったのだろう。

とはいえお葉は気が急《せ》いてしまう。お澄たちを待たせているからだ。お繁は失敗した鍋《なべ》をさっと片付け、お葉は新しい鍋に胡麻油と蜜蠟を再び入れていく。

間違いに気づいたのが、紫根と当帰を加える前だったのは救いであった。生薬を無駄にせずに済んだからだ。

お葉は必死で気持ちを落ち着けようとはするが、匙を持つ手が微《かす》かに震えてしまう。お繁はお葉の手を摑《つか》んだ。

「しっかりおし。これから先、任されることも多くなっていくだろうからね。いちいち緊張していたんじゃ、持たないよ」

「はい」

お繁の口調は厳しいが、手を強く握られると、お葉の心は不意に静まった。お葉は息を吸い込み、震えの止まった手で、今度は間違えずに調合した。

「よくできたじゃないか」

お繁はお葉の肩をそっと叩《たた》く。寒い時季というのに、お葉の額にはまたも汗が浮かんでいる。手ぬぐいで拭《ふ》いて、お葉は深い息をついた。

容《い》れ物に素早く流し込み、少し固まったところで、お繁がお澄を呼びにいき、連れて戻ってきた。

「おねえちゃん、お薬を作ってくれてありがとう」

お澄に愛らしく礼を述べられ、お葉の心に喜びが込み上げる。

「ごめんなさいね。時間がかかってしまって」

「そんなことないわ。おねえちゃんが作るお薬、楽しみに待っていたのよ」

「待っていてくれて、ありがとう」

お葉はお澄の頭を優しく撫《な》で、作り立ての薬が入った容れ物を渡した。

「まだ固まり切っていないから、お家に持って帰って、よく固まらせてほしいの。それから、今日はおっ母様に塗ってもらってね」

「そうするわ。おねえちゃんに塗ってもらえないのは残念だけれど」

お澄は容れ物を胸に抱え、目を伏せる。するとお繁が口を出した。

「作り立ての薬は持って帰ってもらって、お澄ちゃんには、お葉が前に作ったのを塗ってあげればいいじゃないか」

お繁は棚を指差す。お葉が稽古《けいこ》で作った潤肌膏が、いくつかあった。

「それでもいい？」

お葉が不安げに訊《たず》ねると、お澄は笑顔になった。

「もちろんよ。おねえちゃん、お願い」

お葉はお澄を抱き寄せ、薬を優しく丁寧に塗り始める。沁《し》みることも痛むこともないようだ。お澄がぽつりと言った。

「このお薬でよかったのに、先生はどうして、おねえちゃんに新しく作らせたのかしら」

「それはね……お澄ちゃんに渡すなら、新鮮なお薬のほうがいいと思ったからではないかしら」

お葉の答えにお澄は納得したようだったが、お葉はぼんやりと気づいてもいた。確かにそれもあるだろうが、道庵はとにかくお葉に早く仕事を覚えさせ、仕事に慣れさせたいのだろうと。

その夜は、お繁も交えて夕餉を取った。脂の乗った鯖《さば》の塩焼きを食べながら、お繁はお葉を励ました。

「失敗してもいいんだよ。それを繰り返して、覚えていくもんだからね」

「はい。……注意して、努めます」

「お澄はとても喜んでいたから、治りも早くなるだろうよ」

お葉は箸《はし》を止め、道庵を見た。

「でもお澄ちゃん、背中がまた赤くなっているように思ったのですが」

「背中もそうだったのか。腕もまた少し赤くなっていたよな。すっかり治るには、時間がかかりそうだ」

「やはり……悩み事があるからなのでしょうか」

お葉は溜息《ためいき》をつく。お繁が目を瞬かせた。

「なんだい。あの子に悩み事なんかあるのかい」

道庵とお葉は目と目を見交わす。道庵がかいつまんで話すと、お繁は納得したように頷《うなず》いた。

「なるほど。両親の不仲ですか。それでお澄ちゃんは、どうやら心を痛めてしまったらしいというんですね」

「うむ。それで今日、お澄に薬を塗ってもらうのを待つ間、さりげなくお内儀に訊ねてみたんだ。初めは言葉を濁していたが、話してくれたぜ。旦那《だんな》には、ほかに女がいるようだ」

居間が一瞬しんとなった。なにやら生々しい話に、お葉は思わずうつむいてしまう。お繁がお茶を啜《すす》る音が響いた。

「その女って、どのような者なんでしょうね」

「もとは柳橋の芸者で、齢《よわい》二十五。相生町《あいおいちょう》の一軒家に囲っているらしい。お夕《ゆう》という名で、小唄《こうた》の師匠もしているようだ」

相生町は神田川を挟んで、対にある。ここ須田町とさほど離れてはいない。

「一軒家に住まわせることができるのなら、相当の金持ちですね」

「小さい家のようだがな。なんでも、旦那はその女と五年も前からいい仲で、お久はずっと見て見ぬふりをしてきたが、家に帰らぬことが多くなり、激怒してしまったみてえだ」

道庵は腕を組み、息をつく。

「それで喧嘩《けんか》も多くなったって訳ですか。親がそのようならば、子供は辛《つら》いでしょうね。十にもならぬ娘さんでは、特にね」

大人の事情を耳にしながら、お葉はお澄がいっそう心配になる。幼いお澄は、その内容まではっきり分からなくとも、親の気配は薄々嗅《か》ぎ取っているようだからだ。

お澄の父親は時蔵《ときぞう》といい、母親のお久より八つ年上の齢四十とのことだ。

お繁は湯呑《ゆの》みを揺らしつつ、目を泳がせた。

「相生町のお夕という、お妾《めかけ》ですね。ちょっと調べてみましょうか」

「うむ。……だがな、妾のことをわざわざ調べてまで、口を挟むこともねえとは思うが。こちらは、娘の治療をしてるってだけの話だからよ」

「でも先生。その悩みがお澄ちゃんの肌に影響しているかもしれないんでしょう？　それでなかなか治らないというなら、治療にも関わっているってことではないですか。病ってのは、根本が大切で、そこから治していかなければ完治しない。先生だって、そのようなお考えでしょうよ」

お繁の堂々とした物言いに、お葉は目を瞠《みは》る。道庵を相手にも、お繁は臆《おく》することなく意見を述べるのだ。道庵は顔を少し顰《しか》め、唇の横を指で掻《か》いた。

「お繁さんの言うことも一理あるけどよ。俺は嫌だぜ、妾に説教するなんてこと」

「あら。それなら、私が言ってやりますよ」

頬を膨らますお繁に、道庵は顔の前で手を振った。

「よけいな節介だ。やめとけ」

「先生はお澄ちゃんのことが心配じゃないんですか。こういうことは誰かが言ってやらないとね」

「まあ、そう、かっかするな。別れる気がないのなら、無理に別れさせるなんてことはできねえだろ。男と女ってもんは」

話しながら、道庵はお葉をちらちらと見やる。男女のことゆえに、道庵は自分に気を遣って喋《しゃべ》っていると察し、お葉は姿勢を正した。

「ご馳走様《ちそうさま》でした」

胸の前で手を合わせ、自分の分の膳《ぜん》を持って立ち上がる。そして付け加えた。

「お酒、ご用意しましょうか」

道庵とお繁は顔を見合せる。

「お葉、気が利くようになったじゃない」

「まあ、そうしてくれると嬉《うれ》しいぜ」

「ではお持ちしますので、少しお待ちください。熱燗《あつかん》がいいですよね」

「うむ。できればな」

お葉は頷き、静かに居間を出ていった。

三

紅葉がちらほらと彩りを見せるようになってきた頃、お葉は往診にも連れていかれるようになった。道庵は白い小袖《こそで》に黒い十徳を羽織り、お葉は白い小袖に藍色《あいいろ》の半纏《はんてん》を羽織って、歩を進める。お葉は薬箱を手にしていた。

神田川に架かる和泉《いずみ》橋を渡る時、お葉はなるべく真っすぐに目をやっていた。川を見るのが、やはりまだ苦手なのだ。覗《のぞ》き込んだとたんに再び暗い淵《ふち》へと引きずり込まれるのではないかという恐れを、どうしても拭《ぬぐ》うことができずにいる。

橋を渡り終えると、お葉は安堵《あんど》の息をついた。風に吹かれながら、お葉たちは松《まつ》永町《ながちょう》へと向かう。このあたりも、神田と呼ばれる地域である。

向かった先は、道庵の古くからの患者の、辰造《たつぞう》の家だ。辰造は大工としてせっせと働いて、金子《きんす》を貯め込んで隠居した今は、女房と一緒に悠々と暮らしている。辰造は大工だった頃から足腰を痛めると、道庵に鍼灸《しんきゅう》治療をしてもらっていた。道庵は鍼灸にも明るく、腕がよいので、辰造は今でも月に一度は往診を頼んでいる。

初めて顔を合わせたお葉を眺め、辰造は目を瞬かせた。

「こちらは先生の娘さんかい？　こんなに大きな娘さんがいたとはねえ」

お葉はそっと目を伏せる。道庵の娘に間違えられると、嬉しいような照れ臭いような、申し訳ないような、複雑な気分になるのだ。

――私が娘だと思われて、先生はご迷惑ではないかしら。

まだ自分に自信が持てないお葉は、そのようにも考えてしまう。

道庵は不器用に笑った。

「そんな訳ねえだろ。俺の仕事を手伝ってもらってるんだ。おい、挨拶《あいさつ》しろ」

「お葉といいます。よろしくお願いいたします」

丁寧に頭を下げるお葉を、辰造はまじまじと眺めた。

「こちらこそよろしく。お前さんも鍼灸の治療をしてくれるのかい」

「いえ、それは、まだ」

「ふうん。お前さんみたいな可愛い娘さんに治してもらえると嬉しいけどな。まあ、それは追い追い……あっ」

辰造の手首を、道庵はきつく摑《つか》んだ。

「早速、治療を始めるぜ」

「先生、お手柔らかにお願いしますよ」

「いやいや、キツい灸《きゅう》を据えてやろう。特別に按摩《あんま》もしてやるか」

道庵はにやりと笑い、速やかに辰造の後ろへ回って、親指に力を籠《こ》めて押した。

辰造は目を見開き、悲鳴を響かせた。


辰造の家を出て、来た道を戻りながら、お葉は道庵に訊《たず》ねた。

「辰造さん、大丈夫でしょうか。かなり、ぐったりなさっていましたが」

「なに、今頃、生き返ったような顔になっているぜ。いつもそうなんだ。俺の治療が効き過ぎて、終わった頃はふらふらだが、少し経つと元気になんだよ。心配しなくていい」

「そうなのですか」

お葉は薬箱を大切に抱え、頷《うなず》く。日の差す通りを歩きながら、道庵は不意に立ち止まった。そして、長い影ができている側とは反対のほうを、見やった。

「相生町にちょいと寄って、お夕って女の家を見てみるか」

その名を聞いて、お葉の心がざわめいた。

——結局は、お夕さんがお澄ちゃんを苦しめていることになるのよね。

そのような女の家の近くに行くのは、あまり気分がよいものではなく、お葉は躊躇《ためら》う。それに、お夕という女が、なにやら怖いような気もした。

――芸者さんからお妾さんになって、小唄のお師匠までなさっているのですもの。きっと華やかで、強《した》かな女《ひと》なのでしょう。

見たこともないお夕の姿を思い描き、お葉はいっそう戸惑う。お葉の心を見透かすかのように、道庵は言った。

「なに、ちょっと覗いてみるだけだ。もし覗くのが嫌だったら、お前は少し離れたところで待っていてくれ」

「はい」

お葉は小さく頷き、道庵の後をついていく。お夕の家がどのあたりにあるかなど、お繁が調べて報《しら》せてくれたようであった。

お夕の家は、店が並んでいる大通りから、少し逸《そ》れたところにあった。こぢんまりとしているが、濃茶色の格子戸に洒落《しゃれ》た趣が感じられる。軒行灯《のきあんどん》の傍ら、小さな看板には、《小唄《こうた》、夕蟬《ゆうぜみ》》と書かれている。お夕は夕蟬という名で小唄を教えているらしい。今は稽古《けいこ》の刻《とき》ではないようで、音色は聞こえず、静まり返っていた。

お葉が看板をじっと見ていると、道庵が教えてくれた。

「こうた、ゆうぜみ、って書かれてある」

「夕蟬……」

お葉は呟《つぶや》くように繰り返した。

先ほどまで躊躇いを見せていたお葉だったが、お夕の家まで来ると、心持ちが少し変わった。どきどきとしながらも、お夕の姿を見てみたくなったのだ。それは、夕蟬という儚《はかな》げな名に興味を抱いたからに違いなかった。

家を見回し、道庵は首を傾げた。

「ずいぶん、おとなしいな。留守にしているんだろうか」

玄関先に佇《たたず》んでいると、中から物音が聞こえてきた。誰かが出てくる気配がして、道庵とお葉は素早く離れ、通りすがりの者のふりをした。

出てきたのは、端女《はしため》のようだった。齢《よわい》五十ぐらいで、身綺麗《みぎれい》にしている。その端女と目が合い、道庵とお葉はさりげなく会釈をした。

端女も会釈を返し、じっと見つめてくる。覗いていたのを勘づかれたかと、バツの悪い思いで急ぎ足で立ち去ろうとしたところ、声をかけてきた。

「あの、すみません。お医者様でいらっしゃいますか」

端女の目は、お葉が持った薬箱に留まっている。道庵は厳《いか》めしい顔で答えた。

「はい、さようです」

「この近くで診ていらっしゃるのですか」

「診療所があるのは、川を渡った先の須田町です」

「では、それほど離れておりませんね。あの、お名前をお伺いしてもよろしいでしょうか」

「挙田道庵。本道の医者です」

端女は手で口を押えた。

「まあ。これは失礼いたしました。お名前は存じ上げております。道庵先生に、これほど偶《たま》さかにお会いできますなんて」

実のところ、偶さかでもなんでもなく、家を覗いていたところに出くわしたので、道庵は複雑な面持ちだ。

「いえ、こちらこそ、お会いできましたこと嬉《うれ》しく思います。何かの折には、お声をかけてください。躰《からだ》の悩みや相談事など、いつでもお伺いします」

礼儀正しく頭を下げる道庵に倣い、お葉も一礼する。端女に気づかれなかったことに安堵しつつ、お葉は道庵の評判が知れ渡っていることに驚いてもいた。

端女は、身を乗り出してきた。

「躰や病のご相談にも乗ってくださるのですね」

「はい。なんなりと」

「では……お願いできますでしょうか。実は今から生薬屋に行こうと思っていたのです。でも、やはりお医者様に作っていただいたお薬のほうが効きますから」

道庵とお葉は顔を見合せた。

「どこか具合が悪いのですか」

「はい。私ではなくて、ご主人様なのですが。……あの、今、お急ぎですか。もしや往診の途中では」

「いえ。終わって帰るところです」

「それならば、寒いところで立ち話もなんですから、中へお入りください。ご主人様は出稽古《でげいこ》に行っておりますが、もうすぐ帰ってくると思います。よろしければ一度、ご主人様を診ていただきたいのです」

端女の面持ちや口ぶりから察するに、お夕の具合は芳しくないようだ。道庵は端女に頷いた。

「分かりました。診ましょう」

「ありがとうございます。先生に診ていただけるなんて、心強いですわ。今日は本当によい日です。道庵先生に偶さかお会いできて、診療までお願いできますなんて。……さ、どうぞ」

端女は嬉々《きき》として、道庵とお葉を家の中へと招き入れた。

居間に通され、お葉は道庵と隣り合って座った。端女はすぐにお茶を運んできて、火の熾《おこ》った炭を火鉢に継ぎ足した。

お夕の家の中は綺麗に片付けられ、白檀《びゃくだん》のような清らかな香りが漂っている。濃い緑色のお茶は喉《のど》を転がるような滑らかさで、お葉は目を瞬かせた。

端女によると、お夕の母親が半年前に亡くなり、それからどうも体調が優れないことが多いという。

「ご主人様は、その前からもよく眩暈《めまい》や耳鳴りに悩まされていたのです。おっ母様の看病で、お疲れになっていらっしゃったので」

「おっ母様は、どんな病だったのですか」

「肺ノ臓です。腫物《はれもの》ができてしまって」

「それはお辛《つら》かったでしょうな。大切なおっ母様が亡くなられたことの衝撃や、看病疲れが、未《いま》だに残っているのでしょう」

「おそらく、そうだと思います」

道庵と端女は話し込むも、お夕はなかなか帰ってこない。ふと気に懸かり、お葉は障子窓のほうへ目をやった。西向きの部屋ではないので、この刻に日は差し込まないが、火鉢があるので暖かだ。お葉は道庵に、静かに話しかけた。

「私、ちょっと見てきましょうか」

「そうだな。そうしてきてくれるか」

お葉は端女に一礼し、腰を上げた。

「申し訳ありません。そろそろ帰ってくる頃なのですが」

「確かめて参りますね」

お葉は襖《ふすま》を丁寧に閉めて居間を離れ、外へと出た。

何か胸騒ぎがして、お葉は家の近くを回ってみた。すると、通りの先にある山茶花《さざんか》の木の下で、女が蹲《うずくま》っているのが目に入った。お葉は急いで駆け寄った。

「大丈夫ですか」

お葉が問いかけると、女は小さく頷《うなず》いた。女は美しい顔を歪《ゆが》め、額に冷たい汗を浮かべている。女の傍らに、荷物らしき風呂敷《ふろしき》包みが置いてあり、それには三味線が入っているようだった。女はもしやお夕ではないかと、お葉は勘づいた。

お葉は袂《たもと》から手ぬぐいを取り出し、それで女の汗を拭《ぬぐ》った。道庵の見様見真似で、女の状態を診る。女は青白い顔で、苦しそうに息を荒らげているが、熱はないようだった。

──眩暈を起こしたのではないかしら。

お葉は女に話しかけた。

「少しだけ待っていていただけますか。今、お薬を持って参りますので」

女は頷く。何か言いたそうだが、声が出ないようだ。お葉は急いで戻り、道庵を連れてきた。道庵は女を診て、お葉に告げた。

「取《と》り敢《あ》えず、地黄《じおう》をくれ」

「はい」

お葉は薬箱を開けて、地黄の包み紙を取り出す。その中から適量を匙《さじ》で掬《すく》って、薬包紙に載せ、水筒とともに道庵に渡した。

「飲めるか」

道庵は女の口に地黄の粉末を入れ、水で流し込んだ。地黄は、虚血（貧血）に効き目があり、滋養強壮の薬として用いられる。

暫《しばら》くすると、女の面持ちが和らぎ、玉の汗も止まった。息が落ち着くと、女は微《かす》かな声で言った。

「ありがとう……ございました」

女の躰はとても華奢《きやしや》だった。道庵とお葉が女を支え、送っていくことになった。家を案内してもらい、辿《たど》り着いたのは、やはり先ほどの《小唄《こうた》、夕蟬》と看板の出ている家だった。

お夕を無事に送り届けると、端女《はしため》は道庵とお葉に何度も礼を述べ、大事に至らなくてよかったと目を潤ませた。

道庵とお葉は再び居間へ通され、新しいお茶と、栗の入った羊羹《ようかん》を出された。少しして、お夕が居間に入ってきた。まだ少し顔色が悪いが、だいぶ落ち着いたようだ。

艶《つや》やかな藤色の小袖《こそで》に着替え、化粧を直したお夕は、錦絵《にしきえ》に描かれる美女の如きで、お葉は見惚《みと》れてしまう。お夕は三つ指をつき、改めて礼を述べた。

「先ほどはまことにありがとうございました。あなた様方に助けていただかなければ、危ないところでした。ご迷惑をおかけしてしまいましたこと、お詫《わ》び申し上げます」

深々と頭を下げるお夕に、道庵は声をかけた。

「そんなにかしこまらないでくれ。これも何かのご縁だ。どこか具合が悪いところがあれば、私が診よう」

お夕は顔を上げ、姿勢を正した。

「ありがとうございます。近頃特に疲れやすくて困っておりました。先ほど飲ませていただいたお薬は効いたようです」

「それはよかった。お前さんは虚血の気があるように思う。滋養も足りていないだろう。血を補うには、黒胡麻《くろごま》や黒豆、人参《にんじん》、ほうれん草、納豆などを食べるようにするといい。これからの時季は、牡蠣《かき》なども」

お夕は息をついた。

「やはり食べ物にも気を配ったほうがいいのですね」

「当然だ。人の躰《からだ》は、食べたものでできているからな」

お夕は項垂《うなだ》れた。

「そのように、先生たちにとっては当たり前のことが、私のような女には疎《おろそ》かになってしまうのですよ。……気づけば毎日、お酒と肴《さかな》ぐらいでやり過ごして」

道庵は眉根《まゆね》を寄せた。

「たまにはそういう日があってもいいが、それを続けては躰を壊して当然だ。お手伝いに頼んで、躰によいものを作ってもらいな」

するとお夕は、ふふ、と笑みを漏らした。道庵は強《こわ》い面持ちでお夕を見据える。

お夕は脚を少し崩した。

「ごめんなさい。……なんだか、久しぶりに怒られて、嬉《うれ》しくなってしまったんです。おっ母さんが亡くなって、私に怒ってくれる人は、いなくなってしまったから」

そう語るお夕は、無性に寂しげだが、香り立つほどに美しい。人を比べてはいけないと分かってはいるが、お葉は思う。

――お夕さんは、お久さんとは、まったく異なる雰囲気の女人なのね。こういう女人を好きになってしまうと、男の人は、深みに嵌《はま》ることになるのでは。

お夕は儚《はかな》げで憂いがあり、夫の留守に飛脚問屋を仕切っているお久とは、やはり違う。

お葉は、目の前のお夕に対して、複雑な思いだった。お澄の悲しみの元凶がおそらくはお夕なのだが、お夕自身はそれほど悪い者のようには思えない。

――すると、一番悪いのは、お澄ちゃんのお父つぁんじゃないのかしら。

そのような考えにいきつく。お夕は悪い女というよりは、男が放っておかない女なのだろう。

道庵は低い声でお夕に言った。

「怒ってくれる人がほしい、っていう考えも、甘えているように思うが。親がいない者だって、この世にはたくさんいるしな。おっ母さんを喪《うしな》った辛《つら》い気持ちは分かる。でも、その気持ちを誤魔化すために、躰を痛めつけるようなことをしては駄目だぜ」

お夕は道庵からそっと目を逸《そ》らし、小さく頷いた。

「はい。……気をつけます」

それからお夕は道庵に頼んで、もう一度よく診てもらった。お夕はどうやら血の巡りが悪いらしく、時折起こる眩暈《めまい》や立《た》ち眩《くら》みのほか、手足の冷えが酷《ひど》く、月のもの（月経）も不順で、その痛みも強いという。

そこで道庵は、お葉に手伝わせ、当帰芍薬散《とうきしやくやくさん》を調合した。当帰、芍薬のほか、川《せん》芎《きゆう》、茯苓《ぶくりよう》、蒼朮《そうじゆつ》、沢瀉《たくしや》を併せて作るこの薬は、お夕が抱えているような、いわゆる女人の悩みに絶大な効き目がある。

道庵は当帰芍薬散に加えて、先ほどの地黄も、お夕に渡した。

「これを飲んでいれば、そのうちよくなると思うぜ」

「ありがとうございます。薬礼は、お帰りになります時、端女が必ずお渡ししますので」

　お夕は再び頭を深く下げる。

「もし飲み続ける気があるのなら、薬がなくなった頃、また届けにくるが」

「そうしていただけるとありがたいです。……あ、私が受け取りに参りましょうか」

　道庵は顎《あご》を撫《な》でつつ、答えた。

「いや。俺たちが届けにくる。もし、薬が合わず、飲む気がなくなってしまったら、その時に、もう結構と断ってくれ。しつこく飲ませたりはしねえので」

　道庵の医者らしからぬべらんめえな物言いが、なにやら可笑《おか》しかったのだろう、お夕はまたも笑みを漏らした。


　診療所へ戻る時には、日が傾きかけていた。薬箱を手に和泉橋を渡りつつ、お葉は道庵にぽつりと言った。

「お夕さんに、三浦屋の旦那《だんな》さんのことはお訊《き》きになりませんでしたね」

「まあ、今日のところはな。具合が悪かったみてえだし。それに、端《はな》からそんなことを訊いたりしたら、俺たち怪しい者だと思われちまうだろ？　家の周りを探っていたんじゃねえか、とな」

「それもそうですね」

お葉は肩を竦《すく》める。

道庵がお夕に、自分たちが薬を届けにいくと言ったのは、お夕に診療所に来られて、お久たちとかち合うのを防ぐためだったようだ。

「お夕さん、綺麗《きれい》な方でしたね」

お葉の声が届かなかったのだろうか、聞こえないふりをしたのだろうか、道庵の返事はなかった。


三日ほどして、お葉は道庵と一緒に、再びお夕を訪ねた。お夕は薬が効いたようで、またお願いします、と言った。顔色もいくぶんよくなり、仕事も順調にできているようだ。こうしてお葉たちはお夕に薬を届けるようになり、徐々に親しくなっていった。

四

紅葉が盛りになり、錦秋《きんしゅう》の風景が見られるようになってきた。道庵はお葉を連れてお夕の家を訪れ、お夕を診て、薬を渡した。

端女《はしため》が出してくれたお茶と干し柿を味わいながら、道庵はお夕に、さりげなく訊《たず》ねた。

「ところで、日本橋は三浦屋の時蔵さんのことを知っているだろう」

お夕は道庵をじっと見つめ、声を上擦らせた。

「時蔵さんのことを……ご存じなのですか」

「うむ。お前さんの旦那ってこともな」

お夕はうつむき、口を噤《つぐ》んでしまう。道庵が突然切り出したので、お葉ははらはらとした思いで、二人を交互に見ていた。

静かな部屋に、道庵がお茶を啜《すす》る音が響く。

「お前さんが芸者だった頃に知り合って、落籍《ひか》されて、面倒を見てもらっていたんだろう。おっ母さんとともに」

旦那が妾《めかけ》を囲った場合は、その親の面倒まで見ることが多い。お夕は項垂れたまま、細い声を絞り出した。

「はい……さようです」

「時蔵とは別れるつもりはねえのかい」

お夕は再び口を噤む。道庵はお夕を見据えた。

「時蔵が、別れてくれねえのかい」

「旦那様にはお世話になりましたから」

部屋を見回し、お葉は思う。お夕が時蔵と別れることができないのは、時蔵を好いているという心情だけでなく、活計《たつき》も絡んでいるからなのであろうと。もちろんお葉には、旦那と妾のことなど詳しく分かるはずもないのだが、薄々と察せられた。

――時蔵さんと別れることになったら、お夕さんはこの家を出ていかなければならないのかしら。でも……お夕さんには小唄《こうた》のお弟子さんがたくさんいるみたいだから、お一人でも暮らしていくことはできるわよね。

お葉がお節介な考えを巡らせていると、道庵が低い声を響かせた。

「お前さんが今のままでいいと言うなら、それでもいいけどよ、時蔵には家族があるんだぜ。……まあ、そんなことは百も承知で、妾になったんだろうが」

お夕は掠《かす》れる声で答えた。

「どうしてか、別れられないのです。お内儀《かみ》さんや娘さんに悪いことをしているって、分かっていながら」

聞けばお夕は父親の顔を知らず、母親に女手一つで育てられたという。暮らしは苦しく、母親が作ってしまった借金を返すために芸妓《げいぎ》の道を進んだそうだ。三味線や唄、踊りの稽古《けいこ》を重ねて、お夕は柳橋でも一、二を争う売れっ妓《こ》となり、時蔵と出会った。時蔵に贔屓《ひいき》されるようになったお夕は、お客と芸者という立場も忘れて、やがて本気で惹《ひ》かれるようになっていた。十五も歳の離れた時蔵には、落ち着きと、包み込むような優しさがあり、お夕には頼もしく見えたのだ。

お夕は弱々しく微笑んだ。

「もしかしたら……私は旦那様に、会ったこともない父の姿を、どこかで重ね合わせていたのかもしれません」

お葉は、隣に座っている道庵の横顔を、ちらと見た。血の繋《つな》がりがない者に、親の姿を重ね合わせてしまうという思いは、お葉にも分かるような気がした。

道庵は腕を組み、息をついた。

「なるほどな。お前さんも、時蔵さんに惚《ほ》れているってことか。ならば金の関係だけではねえから、逆に切れるのは難しいか」

「別に私は、旦那様をご家族から奪おうなんて、ちっとも思っていません。ただ、たまにでも一緒にいられれば、それでよかったのです。……おっ母さんが亡くなって、私一人になりましたでしょう。私には弟子もおりますし、自分の暮らしぐらいならば、どうにかなりそうなのです。それで、そろそろ旦那様とはお別れしたほうがいいかと、何度も思ったのですが、なかなかできなくて」

お夕は不意に言葉を切り、目を潤ませる。

「おっ母さんが亡くなってから、お前さんの具合が芳しくなかったのは、その思い悩みもあったからではねえか」

「……もしかしたら、そうかもしれません」

お夕は細い指で、目元をそっと拭《ぬぐ》う。

時蔵との関係に人知れず悩んでいたお夕は、やはり悪い女ではないと、お葉は思った。それどころか、どこか不器用な女なのではないだろうか。

お夕は洟《はな》を啜った。

「私は一人でも大丈夫だから、旦那様から別れを告げてくださるのが、一番いいのですが。でも……あの人は優しいから、私を切れないのでしょう。本当にお人好《ひとよ》しで、だから、ずるずると」

「おっ母さんを亡くしたばかりのお前さんを、放っておけなかったという面もあったのだろう」

お葉は、はたと思い当たった。お夕の母親が亡くなったのは半年前で、お澄の肌の具合が悪くなってきたのもその頃だ。お澄は、父親があまり家に帰ってこないことを嘆いていた。きっと時蔵は、母親を亡くしたお夕のことが心配で、その頃から傍にいることが多くなっていたのだろう。

──時蔵さんは、お夕さんには優しいのね。でも、ご家族には冷たいところもある。……男の人って、二つの顔を持っていたりするのかしら。

お葉はまた、道庵をちらと見る。

──先生だって、なんでもこなせるお弟子さんが新しく見つかったら、私みたいな鈍臭い娘には、もう優しい顔などしないかもしれないわ。急に冷たい態度を取られて、診療所を追い出されるのでは。

お葉の心の中に、そのような疑いが再び湧いてくる。お葉は、お夕の気持ちが、朧気《おぼろげ》に分かるような気がした。お夕は妾という立場ゆえ、時蔵に優しくされても、どこかで信じ切ることができないのではないか。自分よりも気に入った女がほかにできれば、いつかはそちらのほうへ行ってしまうかもしれない、そのような不安を漠然と抱えているのだろう。

──お夕さんは、人の心の不確かさをよくご存じなのでしょう。それゆえに、時蔵さんの優しさに慣れてしまうことに、躊躇《ためら》いがあるのでは。

寂しげなお夕を眺め、お葉の心も揺れる。道庵は、温《ぬる》くなったお茶を啜った。

「男と女の仲は、他人が口出しするようなことではねえよな。何が正しくて、何が間違っているかなんて、誰も分からねえもの。だが、まあ、お前さんにはもっといい男がいるとは思うぜ」

道庵はお夕に微笑み、付け足した。

「あとさ、時蔵の娘が肌の病に罹《かか》っているんだ。もしや、気持ちが揺れているからかもしれねえ。子供心にも、親のことって、なんとなく分かるだろうからな」

娘の病のことはまったく知らなかったようで、お夕は顔を上げて、目を見開いた。

「そうだったのですか。……子供って、そうかもしれませんね」

お夕は口を閉ざし、紅《あか》い唇を噛《か》んだ。

お夕の家を出て少し行くと、どこからか三味線の音色が聞こえてきた。道庵が振り返り、お夕の家の二階を顎《あご》で指した。お夕が弾いているようだ。それに合わせた小唄も微《かす》かに聞こえてくる。お葉は耳を澄ました。なんとも切なげな音色だ。

「行くぞ」

お葉はもう少し聴いていたかったが、道庵に従う。薬箱を手に、道庵の背中を見つめた。

お夕の唄声《うたごえ》と三味線の微かな音色は、お葉の心に残って離れなかった。はっきりとは聞こえなかったが、男と女の割り切れぬ仲というものを表しているかのようだった。

お葉はまた一つ大人になったような思いで、道庵の後に続く。山茶花《さざんか》の木の下を通り過ぎる時、薄紅色の花びらが一枚ひらりと落ちて、道庵の総髪についた。それに指を伸ばそうとするも、道庵の髪に触れるのはまだ馴《な》れ馴れしいような気がして、お葉は手を引っ込めた。

その夜、お葉は床の中で、ふと気づいた。両親が揃っていても、必ずしも皆が皆、幸せとは限らないということに。お葉の両親は早くに亡くなってしまったが、仲がよかったことは確かだ。互いの悪口を言っているのを、聞いたこともなかった。

——そういえば、私が奉公していた呉服問屋のお内儀様は、旦那《だんな》様とそれほど仲がよさそうではなかったわ。お内儀様は、いつも苛立《いらだ》っているようだった。それもあって、私に辛《つら》く当たっていたのでは……。

そのようなことを考えてしまい、お葉はなかなか寝つけなかった。

翌々日、お久がお澄を連れて、診療所を訪れた。お葉は、もう、潤肌膏は一人で難なく作れるようになっていた。お繁に厳しく見てもらいながら、作る稽古《けいこ》を何度も繰り返したからだ。匙《さじ》加減や混ぜ方などを、躰《からだ》で覚えてしまったのである。

予《あらかじ》め作っておいた潤肌膏を、お葉は奥の部屋で、またもお澄に塗ってあげた。お澄の躰を見て、お葉は目を瞠《みは》った。

「お澄ちゃん、ずいぶんよくなったわね。白いお肌が広がってきているわ」

お澄は照れ臭そうに微笑んだ。

「先生とおねえちゃんのおかげよ。いつもありがとう」

お葉も笑顔になる。

「本当によかったわ。食べ物も気をつけているんでしょう」

「はい。黄粉《きなこ》棒も、おっ母さんがいつも作ってくれるようになったの」

「一つ一つの積み重ねが効いてきたのだわ。お澄ちゃん、根気よく続けて、頑張ったのね。もう一息で、すべすべのお肌になるわよ」

お葉はお澄の肌を慈しむように、優しく丁寧に薬を塗った。

お澄たちが帰ると、道庵が教えてくれた。お久の話によると、お澄は肌を気にするあまりに手習い所にも通えなくなっていたのだが、近頃は通っているという。

「前に行っていた手習い所とは別のところのようだが、そこでは虐《いじ》めにも遭ったりせずに、楽しいみてえだよ。肌が治ってきたおかげだと、感謝されたぜ」

「よかったです。手習い所を変えて、正解だったのですね」

お葉は安堵《あんど》し、真に喜ぶ。

「うむ。上手《うま》くいかねえ時は、周りを変える、ってのも手だからな。新しくやり直すためには、変える、逃げるってことも、決して悪くはねえんだ」

お葉は不意に胸に手を当てた。自分もいわば逃げ出して、今こうして、ここにいるからだ。そう思うと、自分とお澄がいっそう重なり合い、それゆえに、お澄が笑顔でいられることが我が事のように嬉《うれ》しい。

道庵はお葉を見やった。

「お澄の具合がよくなってきたからか、お内儀の顔色も今日はよかったな。面持ちもなにやら明るかった」

「それは私も思いました。お澄ちゃんのこと、真に心配なさっていたんでしょうね」

すると黒塗りの格子戸が、がらがらと開き、新しい患者が入ってきた。

「道庵先生、風邪を引いちまったみてえだ。ちょっと診てくれるかい」

ていた。


「おう、いいぜ。上がりな」

男は大きなくしゃみをして洟《はな》を啜《すす》りながら、お葉に案内されて部屋へと入る。もうすぐ霜月《しもつき》（十一月）。寒さが一段と増してくるこの時季、風邪の患者も増えてきていた。


数日後、お久が一人で診療所を訪れた。お澄の薬を取りにきたのだ。お澄は手習い所に元気に行っているという。もう診療所に来なくても、あとは家で治せるほどに快復していた。

道庵は診療部屋で、お葉は奥の部屋で薬を作り始める。お久はやけに晴れ晴れとした面持ちで、道庵に話しかけた。

「実は主人、妾《めかけ》とついに切れたんですよ。今までのことを深く反省したみたいで、丁寧に謝ってもらいました」

お久の声が聞こえてきて、お葉の手が一瞬止まった。道庵も顔を上げて、お久を眺める。

「そうだったのか」

「ええ。愚痴をこぼしてしまって、申し訳ございませんでした。主人ったら、なんだか痛い目に遭ったようですよ。懲り懲りだ、なんて言ってましたから」

お久は溜息《ためいき》をつきながらも、夫が女と切れたことが嬉しくて仕方がないようだ。

「この頃ではずっと家にいてくれるので、お澄も喜んでおりますわ」

「それはよかったじゃねえか。じきに肌もすっかり治っちまうぜ」

「そうだといいのですが。……あの子の肌、五つぐらいの時からずっと落ち着かなくて、よくなっては悪くなってを繰り返していたんです。いろいろなお医者様に診ていただきましたが、あの子には、こちらの治療とお薬が最も合っていたみたいです。あの子の肌をずっと見ておりましてね、これまでは一時的に治っていたに過ぎなかったけれど、今は根本から治ってきているって思うんです。今度こそ、肌が生まれ変われるのではないか、って」

「うむ。それには薬だけでなく、親御さんの力添えも必要だからな。食事を作ったり、情を与えたりとな。特に、子供に情をかけてやるのは大切だぜ。これからもご主人と一緒に、目いっぱい可愛がってやりな」

「もちろんですわ。主人にも伝えておきます。先生がそう仰《おつしや》っていた、って」

お久はふくよかな手を口に当て、ほほ、と笑う。

二人の話を耳にしながら、お葉はお澄について安堵しつつも、お夕のことがやけに気懸かりだった。

五

雨が降る中、道庵の使いで、お葉はお夕に薬を届けにいった。

——お夕さん、お元気だといいけれど。

右手に傘を持ち、左手で風呂敷《ふろしき》包みを抱え、お葉は歩を進める。雨が降る時は、いっそう川を見たくない。暗い底なし沼のように思えてしまうからだ。

神田川沿いには柳の木が多く植えられているので、その点はありがたい。それらが防いでくれるので、見ようとしなければ、目に入れずに済む。

和泉橋を渡り切ると、心が落ち着いた。道にできている小さな水溜《みずた》まりを避けるように歩き、お葉はお夕の家に着いた。

濃茶色の格子戸を叩《たた》いて声を上げると、端女《はしため》ではなくお夕が現れた。

「届けてくれて、ありがとう。雨の日に、悪かったわね」

お夕は顔色もよく、意外にも元気そうで、お葉は胸に手を当てた。

「いいえ。先生は来られず、申し訳ございません」

「お忙しいのかしら」

「はい。風邪を引かれる患者さんが多くて。……お受け取りください」

　お葉は風呂敷包みを差し出す。お夕は目を瞬かせた。

「お薬が入っているにしては、大きめね」

「あの……。虚血に効果がある、お菓子が入っているんです。私が作ったものですが、よろしかったら召し上がってみてください」

　お夕は顔の前で手を合わせた。

「まあ、お葉さんが作ってくれたの？　是非いただくわ。ありがとう。……あ、ねえ、時間があるなら、ちょっと上がっていかない？」

「え、でも、お忙しいのでしょう」

「大丈夫。お弟子さんはまだ来ないわ。せっかく雨の中に来てくれたんだもの、お茶でも飲んでいって」

　お夕はお葉の袂《たもと》を摑《つか》み、茶目っ気のある笑みを浮かべて、引っ張る。お葉は恐縮しつつ、上《あ》がり框《がまち》を踏んだ。

　端女は出かけているようで、お夕がお茶を淹《い》れ、鬼饅頭《おにまんじゅう》を出してくれた。鬼饅頭とは薩摩芋《さつまいも》を蒸して作るもので、ごろごろ入った角切りの薩摩芋が鬼の角のように見えることから、この名がついた。その鬼饅頭を食べ、お葉は顔をほころばせる。

お葉を眺めながら、お夕が突然口にした。

「私ね、ずっとお葉さんに、ちゃんとお礼を言いたかったの」

お葉はもぐもぐと嚙《か》み締めつつ、首を傾げる。お夕は微笑んだ。

「倒れていた私を助けてくれたでしょう。あの時、あのまま放っておかれていたら、私、危なかったかもしれない。今だから言うけれど……凄《すご》く苦しかったの。心ノ臓をぎゅっと摑まれるぐらいに」

お葉は口の中のものを吞《の》み込み、饅頭を皿に置いて、姿勢を正した。

「そうだったのですか」

「ええ。あの時、お葉さんが機転を利かせてくれて、道庵先生を連れてきて、すぐにお薬を飲ませてくれたでしょう。それで、すっと楽になったの。……このこと、先生の前ではなにやら言いにくくて、今まで黙っていたけれど。でも今日はお葉さんが一人で来てくれたから、正直に話せたわ。私、お葉さんに救ってもらったのよ。本当にありがとう」

お夕に丁寧に頭を下げられ、お葉の心が震える。自分がまさか、お夕を救ったなど、今の今まで気づきもしなかったからだ。

「そんな……私」

「本当のことよ。人からのお礼の言葉などは、素直に受け取らなくちゃ。ね？」

お夕はにっこりと笑う。お葉は小さく頷《うなず》いた。

お夕は鬼饅頭ではなく、お葉が渡した菓子を味わった。黒豆がたっぷり入った羊《よう》羹《かん》に、お夕は目を細めた。

「やだ、ほんのり甘くて美味《おい》しい！　ねえ、これどうやって作るの？　黒豆と粉寒天とお砂糖と、ほかにも何か入っているわよね」

「はい。大豆の搾り汁（豆乳のこと）です」

「まあ、大豆の。あ、だから仄《ほの》かに白っぽいところがあるのね」

お夕は自分でも作りたいというので、お葉が作り方を詳しく教えると、とても喜んだ。

「早速作ってみるわね。ありがとう」

和やかに喋《しゃべ》っていたが、羊羹を食べ終える頃、お夕は不意に言った。時蔵と別れたことを。別れは自分から切り出したことを。母親が亡くなったので、もう面倒を見てもらわなくてもいいと、はっきり言ったそうだ。お夕は吹っ切れたように笑った。

「これでさっぱりしたわ。……冷たい言い方をしたから、あの人に愛想を尽かされて、出ていけって、追い出されるのではないかと思ったの。でも、この家をくれるって。手切れ金代わりにね。お弟子もいることだし、ここで小唄《こうた》の師匠を続けなさいって、言われたわ。そういうところ、本当にお人好《ひとよ》しなのよ」

お夕は笑い続けるも、お葉はどうしてか胸が詰まって笑えない。うつむくお葉の顔を、お夕が覗《のぞ》き込んだ。

「ねえ、男の人を好きになったこと、ある？」

お葉は答えられず、仄かに頬を染めた。

手習い所に通っていた頃、仲がよかった男の子たちはいたが、恋などとはいえないほどの、幼く淡い間柄だった。そして奉公してからは、毎日を必死の思いで生きていて、それどころではなかった。それゆえお葉は、まだ恋というものを知らないのだ。

目を伏せるお葉に、お夕は微笑んだ。

「それがどんな結果に終わろうとも、人を好きになることは、いいことよ。たとえ自分が傷つくことになったとしても、どんどん恋をするべきだわ。……もう少し経てば、分かるわよ」

お葉は眉根《まゆね》を微《かす》かに寄せた。ふと思ったのだ。

――人を好きになって、傷ついて、もしその傷が治らなかったら。痛みだけが残ってしまったら。……怖い。

だがお夕は、お葉の心を見透かしたかのように、続けた。

「だって、傷って、いつか治ってしまうでしょう。それに、完治しなくても、傷跡が残ってしまったとしても、それはそれでいいじゃない。傷とか傷跡って、その人が生きてきた証《あかし》だもの」

お葉は目を上げて、お夕を見つめた。お夕は美しい顔に、優しい笑みを浮かべている。

「……それにね。傷や傷跡が多い男の人って、素敵な人が多いのよ。そういう人のほうが、味わい深いの。だから、傷つくことなんか恐れずに、いっぱい人を好きになるべきよ。私も懲りずに、そうするわ」

お葉は思わず、お夕に頷いた。人を好きになるということは、すなわち、その人に心を許し、信じることだろう。

お夕はお葉の肩をそっと抱き寄せる。耳元で、お夕は再び囁《ささや》いた。ありがとう、と。耳に甘い息が吹きかかり、お葉はなにやら、くすぐったかった。

お葉が帰る時、お夕が告げた。

「またお薬を持ってきてね。とても効くから、暫《しばら》く飲みたいの。道庵先生にもよろしくね」

お葉はまた来ることを約束して、お夕の家を後にした。雨は小降りになっていた。

その日の夕餉《ゆうげ》の時、お葉はお夕が元気だったことを道庵に話した。

「そうか。ああ見えて、結構強い女なんだろうな」

「お薬が効いたと仰《おつしや》っていました」

「うむ。また届けてやれな」

「はい」

お葉は、お夕に薬を届けることが、楽しみになりそうだった。

四日ほど経って、前に渡した薬がなくなったと思《おぼ》しき頃、お葉は再びお夕を訪ねた。風は冷たいけれど、よく晴れた日、お葉は白い小袖《こそで》に藍色《あいいろ》の半纏《はんてん》を着て、歩いていく。

和泉橋を渡って真っすぐ行き、角を折れ、山茶花《さざんか》の木が近くにある、濃茶色の格子戸の一軒家。その前に立ち、お葉は首を傾げた。

格子戸に、《空き家》と書かれた紙が貼ってあったからだ。お葉は「家」という字は「いえ」と読めたが、「空き」という字が読めない。だが、なにやら不穏なものを覚え、格子戸を叩《たた》いた。

「あの、どなたかいらっしゃいませんか。お夕さんはいらっしゃいませんか」

声を上げていると、近所の女が声をかけてきた。

「あの方は、家を売って、引っ越されましたよ」

お葉は目を見開き、息を呑んだ。

「え……いつ頃ですか」

「二日前ぐらいです。突然引っ越されたから、驚きましたよ」

「どちらへ引っ越されたんですか」

「それが分からないんです。誰にも挨拶《あいさつ》もなしに、いなくなってしまって。このあたりでは人気のあるお師匠さんだったんですけれどねえ」

「そうですか……」

肩を落とすお葉に、女は会釈をして去っていった。

お葉は暫く、格子戸の前に佇《たたず》んでいたが、息をついて、来た道を戻っていった。薄紅色に色づく山茶花の木の前で、足を止めた。いつか聞いた、三味線と小唄の音色を思い出す。とても切なく、寂しげだった。

お葉の目から、不意に涙が零《こぼ》れた。

――お夕さんは、ああ言っていたけれど、時蔵さんのことを真に好いていたんだ。だから、時蔵さんとの思い出が詰まったあの家を、出ていったんだ。

恋などまだ知らぬお葉だが、どうしてかお夕の気持ちが分かった。

お夕の優しい微笑みとともに、唄うような囁きを思い出す。

――傷つくことなんか恐れずに、いっぱい人を好きになるべきよ。

お葉は山茶花の木陰で、華奢《きゃしゃ》な躰《からだ》を震わせて泣いた。あの時、肩を抱いてくれたお夕の甘い香りが、どこからか漂ってくるようだった。


お澄の肌はみるみるよくなり、治療はひとまず終わりとなった。薬を使い続け、頼り過ぎても、本来の力が失われてしまうというのが、道庵の考えである。

「お澄ちゃんはまだまだ若えんだから、自《おの》ずと治す力があるはずだ。これからは食べ物や飲み物に気をつけて、小さなことにくよくよせずに、なるべく笑っていることだぜ」

お澄は円《つぶ》らな目を瞬かせ、頷《うなず》いた。

「はい。先生の言いつけどおりにします」

可愛らしいお澄に、お葉も声をかけた。

「赤ちゃんみたいなお肌になって本当によかった。またいつでも遊びにきてね」

お葉が微笑むと、お澄は言葉もなくお葉に抱きついた。お澄はお葉の手を握り締める。かぶれた肌を撫《な》で続けてくれたお葉の手の温《ぬく》もりが、忘れられないかのように。

お澄には、お久だけでなく時蔵もついてきていた。時蔵は、道庵にはもちろん、お葉にも厚く礼を述べた。

「お葉さんが優しく手当てしてくださったので、この子も頑張れたんです。私もこれからは、今までの分まで、この子に父親らしいことをしてあげるつもりです」

時蔵も反省しているようだ。お葉は、お夕のことを思うと複雑だった。だが、お夕の思い切った決意が、この親子たちの間柄を修復したのであるから、それは素直に喜ばしいことであった。

すべすべの肌に生まれ変わったお澄の笑顔に、お葉の胸は熱くなる。お葉はお澄の頰に、そっと手で触れた。

お澄は両親に手を握られ、笑顔で帰っていった。親子の姿が見えなくなるまで、お葉は道庵とともに、診療所の前に佇んでいた。

霜月に入り、診療所は一段と忙しくなった。往診を頼まれることも多く、お葉は薬箱を持ち、道庵についていく。

浅草のほうまで足を延ばした帰りに、縁日を開いている神社があったので、ふらりと立ち寄った。道庵が、お詣《まい》りしていくか、と言ったからだ。

屋台や露店が多く並び、晴天のせいか人が溢《あふ》れている。大道芸を行っている者たちもいて、お葉は道庵から離れぬように気をつけながらも、きょろきょろと目を動かす。

拝殿に近づいた時、お葉はふと足を止めた。見覚えのある女が、紅に色づく楓《かえで》の木の下を歩いていたからだ。女は、男に寄り添い、笑みを浮かべている。男は気風《きっぷ》のよさそうな火消しで、女は妙に艶《つや》やかな美人だ。

――女のほうは、あれは……お夕さんだわ。お夕さんに違いない。

お葉は総毛立つような思いで、少し離れたところから女を食い入るように見る。道庵が声をかけた。

「おい。何やってるんだ。離れないようにしろよ。迷子になるぞ」

お葉は舌をもつれさせながら、楓の木のほうを指差した。

「あ、あの人、お夕さんかな、って。きっと、そうです」

思わず女の後を追いかけようとすると、道庵に袂《たもと》を引っ張られた。

「男とお楽しみのところなら、邪魔しちゃ悪いぜ。そういうことが分からねえ奴を、野暮って言うんだ」

「で、でも」

お夕らしき女は、火消しの男に凭《もた》れかかるようにして、どんどん遠ざかっていってしまう。

「なに、大丈夫だ。お夕みてえな女なら、懲りずに楽しくやってるよ。お前みてえなお子さんが心配することはねえ」

なにやら子供扱いされたようで、お葉は唇を尖《とが》らせる。お葉の膨れっ面が可笑《おか》しかったのか、道庵は笑い声を上げながら拝殿へと進んでいく。

お葉は小走りに追いかけながら、振り返っては、お夕らしき女が歩いていったほうをちらちらと窺《うかが》う。
どこからか、妙に明るい祭囃子《まつりばやし》が聞こえてきた。

第三章　男たちの懐

一

霜月（十一月）になり、めっきり寒くなってきた。少し手が空いたので、お葉は裏庭に出て、薬草たちの様子を窺った。土に手を触れてみると、一昨日《おととい》に水をあげたから、まだ微《かす》かに湿っている。冬の時季は水をやり過ぎると根が腐ってしまうので、お葉は与えるのを控えた。

――寒い中でも皆、元気に育ってくれているわ。

お葉は手を伸ばし、石蕗《つわぶき》の丸い葉に触れてみた。石蕗の花は鮮やかな黄色で、花びらが多いところなど、菊に少し似ている。艶のある葉や根には、強い薬効がある。毒を消し、打撲や火傷《やけど》、切り傷などにも効き目があるのだ。魚に中《あた》った時には、葉や根を煎《せん》じて飲むとよい。

石蕗の葉は、蕗のそれと形が似ており、艶もあることから、艶蕗《つやふき》、それが変じて石蕗という名になったと言われる。葉柄《ようへい》を灰汁《あく》抜きすれば食べることができるのも、蕗と同じだ。

――春が近くなると、おっ母さんがよく、石蕗の天麩羅《てんぷら》を作ってくれたっけ。美味《お》しかったなあ。

道庵もそのようにして食べたりするのだろうかと思いを巡らせていると、勢いよく裏戸が開かれ、お繁が出てきた。昼餉《ひるげ》を作りに、手伝いにきてくれていたのだ。裏庭に、お繁の大きな声が響いた。

「急ぎの患者さんだ。短刀で刺されて出血が酷《ひど》いから、早くお葉も手伝って」

お葉は顔を強張《こわば》らせ、急いでお繁に続いた。

診療部屋へ戻ると、道庵が血だらけの男に顔を近づけ、目や息遣いを確かめていた。腹を刺されたのだろう、男が纏《まと》った着物のそのあたりが真紅に染まっている。髷《まげ》の結い方や、傍に置いてある黒羽織や大小の刀で、男は同心だと察せられた。

――きっと、悪者を追いかけていて、揉《も》み合いになったか何かで、刺されてしまったのね。

お葉は考えを巡らせつつ、不意に眩暈《めまい》を覚えた。血に染まった男の姿を見るのは、やはり怖かったのだ。

道庵が声を張り上げた。

「焼酎《しょうちゅう》をくれ！」

その時、お繁がお葉の尻《しり》を叩《たた》いた。

「なにをぼんやりしているんだい。早く焼酎を用意するんだよ」

お葉は顔を青褪《あおざ》めさせ、手で口元を押えた。

「ごめんなさい……気分が、ちょっと」

お繁は溜息《ためいき》をつき、お葉をそのままにして自ら奥の部屋へと行った。そして速やかに焼酎を持ってきて、道庵へと渡した。道庵は同心の着物を脱がせ、焼酎を口に含むと、大きく開いた傷口へと吹きかけた。ぎゃあっ、というような悲鳴が聞こえ、お葉は耳を塞《ふさ》ぐ。

お葉の顔色が酷く悪かったからだろう、お繁は言った。

「仕方ないね。部屋の隅で、少し休んでなさい。でも、先生の治療と、私がやることは見ておくんだよ」

「はい。……申し訳ありません」

お葉は顔を伏せたまま、頽《くずお》れるように座り込む。額に手を当てると、冷たい汗が滲《にじ》んでいた。

診療所の前には、野次馬たちが集まり、中を覗《のぞ》き込んでいる。お繁は土間へ出て、一喝した。

「さあ、帰った、帰った！　治療は見世物じゃないんだからね！」

お繁の厳しい顔つきと迫力のある声に、野次馬たちは肩を竦《すく》める。お繁は格子戸を勢いよく閉めて、部屋へ戻った。

道端で刺された同心を、供の岡っ引き二人がここへ担ぎ込んできたようだが、慌てていたので格子戸を開けっ放しにしてしまったのだろう。その岡っ引きたちも不安そうに、同心を眺めている。

道庵は焼酎での洗浄を繰り返し、傷口を晒《さら》しで押えて取《と》り敢《あ》えずの止血をした。

「お繁さん、独参湯《どくじんとう》を頼む」

「はい」

お繁は急いで奥の部屋へと向かう。道庵も立ち上がり、岡っ引きたちに言った。

「俺も奥から薬を取ってくるので、旦那《だんな》の様子をちょいと見ていてくれ」

「か、かしこまりやした」

岡っ引きたちも動揺しているのだろう、声が上擦る。

「なに、血は結構出たが、それほど深い傷ではねえよ。助かるぜ。で、お前さんたち、旦那が刺されたこと、番所には報《しら》せたかい？」

岡っ引きたちは顔を見合せた。

「あ、そういやまだです」

「すっかり忘れちまっていやした」

「ならば報せたほうがいいぜ。番所の番人が、奉行所に走ってくれるだろう。奉行所の耳にも早く入れておいたほうがいいんじゃねえか」

岡っ引きたちは道庵に頭を下げた。

「仰《おっしゃ》るとおりです。では、あっしが報せて参りやす」

一人が駆け出していく。残ったほうは、真剣な面持ちで同心を見守っていた。

道庵は奥の部屋へと行き、塗り薬が入った容《い》れ物を持ってきた。中黄膏《ちゅうおうこう》である。この薬は、黄檗《おうばく》、鬱金《うこん》、蜜蠟《みつろう》、胡麻油《ごまあぶら》を調合して作る。中黄膏は、爛《ただ》れた皮膚や、火傷《やけど》、切り傷に効き目がある。熱を取り、膿《うみ》を出し、痛みを和らげるのだ。これは華岡青洲《はなおかせいしゅう》が考案した処方で、『春林軒膏方便覧《しゅんりんけんこうほうびんらん》』（文政三年〈一八二〇〉刊）にも明記されている。作り方としては、潤肌膏に似ていた。

道庵は中黄膏を指にたっぷりとつけ、傷口に塗った。沁《し》みるのだろう、同心の口から、悲鳴にも似た呻《うめ》き声が漏れた。

「旦那、堪《こら》えてください。これを我慢できないようじゃ、治りませんぜ」

同心が苦悶《くもん》を浮かべているのもお構いなしに、道庵は塗りつける。それから傷口を塞ぐように晒《きょ》しを巻きつけた。

同心の血が浄められて晒しが巻かれ、命には障りのないことを知って安堵《あんど》したからだろうか、お葉も落ち着いた。ゆっくりと立ち上がり、岡っ引きに会釈をしつつ、部屋を横切り、奥へと行く。

奥の部屋では、お繁が煎じ薬を作っていた。お繁は、お葉をちらと見やった。

「こっちの飲み薬もそろそろできるから、患者さんに飲ませてやってよ」

「あ、はい」

答えるも、意識が戻っていない者にどうやって飲ませようと、お葉はぼんやりと考える。

お繁が作っている独参湯は、高麗人参《こうらいにんじん》だけで作る煎じ薬だ。煎じたそれは薄い橙色《だいだいいろ》で、強い効力を持つ。刀傷などによって出血が酷《ひど》く、自ら覚醒《かくせい》しない患者にも用いられた。

煎じ薬ができると、それを持って、お繁とお葉は診療部屋へ戻った。

番所に届けにいった岡っ引きも、既に戻ってきていて、もう一人の岡っ引きとともに、同心を見守っていた。

同心は苦しそうに、まだ息を荒らげている。お繁は同心の手を握った。

「大丈夫ですよ。傷口は浅いとのことです。お薬を飲めば、必ず治りますよ」

お繁が語りかけても、同心は目を瞑《つぶ》ったままで頷《うなず》くこともない。お繁は左手で、同心の口の端を微《かす》かに開いた。そして右手に持った小さな匙《さじ》で、独参湯を掬《すく》い、口の端から流し込んだ。

同心は目を瞑りながらも、それを飲み込む。お繁は巧みにそれを何度か繰り返し、お葉に告げた。

「今度はお前がやってごらん」

「あ、はい」

お葉は姿勢を正し、お繁から匙を受け取る。だが、蠟のように白くなっている同心の顔を見ると、やはり怖いという思いが込み上げてくる。触れることも躊躇《ためら》ってしまい、指が震えて、お繁のように巧《うま》く口の端を押し広げることができない。

——どうしよう。

焦りつつ、口の端をどうにか開けさせる。だが匙を持った手も震えて、独参湯を同心の頬に零《こぼ》してしまった。

お葉が涙ぐみそうになったところで、お繁の叱咤《しった》が飛んだ。

「治す気持ちがあるんだったら、もっとしっかり飲ませてあげなさい！　私たちがそれでは、駄目じゃないか」

お繁は、同心の顔を丁寧に手ぬぐいで拭《ぬぐ》った。お葉は不思議だった。お繁に怒れたというのに、どうしてか気持ちがすっと落ち着いたのだ。

お葉は胸に手を当て、小さく深呼吸をすると、再び同心に薬を飲ませることを試みた。同心の口の端から、今度はちゃんと独参湯を流し込むことができた。

「そう。その調子だよ」

お繁の声も穏やかになる。お葉は、器に入れた薬がなくなるまで、ひたすら懸命に、同心に独参湯を飲ませ続けた。

ひとまずの治療を終えると、道庵が同心に声をかけた。

「これで大丈夫でしょう。命に障るようなことではありませんから、旦那、安心してください」

お葉は急に肩の力が抜け、大きな息をついた。

少しして、奉行所から同心がやってきた。その井口《いぐち》という同心が言うに、刺されたのは北町《きたまち》奉行所定町廻《じょうまちまわ》り同心の野木謙之助《のぎけんのすけ》とのことだった。井口は謙之助の先輩にあたるようだ。

岡っ引きたちの話によると、謙之助はどうやら財布を掏《す》られたお爺《じい》さんを助けようとして、掏摸《すり》に向かっていって刺されたという。その掏摸は逃げてしまったようだ。

道庵が岡っ引きに訊《たず》ねた。

「財布を掏られたお爺さんは大丈夫だったんだろうか」

「掏られた時に突き飛ばされたらしく、腰を強く打ったみたいです。あっしが番所に行った時、そのお爺さんもいて、休んでいました。動けなかったところを、番人に助けられて番所に連れていかれたんではないかと」

「そうか……。気に懸かるが、命に障りがなくてよかったぜ」

道庵は、井口を奥の部屋へと引っ張り、声を少し潜めて告げた。

「幸い、傷口はそれほど深くはなかったんですが、刺されたところが急所に近かったんです。それゆえ、すっかり元気になるには、ちいと時間がかかるかもしれません。いつまでとははっきり言えませんが、旦那には少なくとも三日の間はここで養生していただきたく思います」

「うむ。承知した。そういうことならば仕方がない。野木には少し休んでもらう旨、奉行所の上の者にも伝えておく。野木のご両親にもな。しっかり治して、返してくれ」

「かしこまりました」

道庵は井口に一礼した。井口は、また来ると言い残し、帰っていった。謙之助が話せるようになったら、聞きたいこともいろいろあるのだろう。

謙之助の容態が落ち着くと、道庵は岡っ引きたちと一緒に、養生部屋へと運んだ。二つのうち、一つはお葉が使っているので、もう一つのほうに寝かせる。お葉がここへ来てから、養生部屋を使うことになった患者は、謙之助が初めてだった。

謙之助を運び終えると、道庵は、ほかの患者たちの診療を再開した。お繁に手伝ってもらいながら、お葉も懸命に働く。手の空いている時には、謙之助の様子も見なければならない。診療所を仕舞う頃には、くたくたになっていた。

だがお葉にはまだ仕事が残っていた。謙之助に飲ませる独参湯の作り方を、お繁に教えてもらわねばならなかった。使うのは高麗人参だけなので、それほど難しい訳ではないが、油断は失敗へと繋《つな》がるので、分量などを頭に叩《たた》き込む。お繁曰《いわ》く、独参湯の作り方と飲ませ方も、『外科正宗』に書かれているとのことだ。

　お葉は失礼かとも思ったが、気になっていたことを訊ねてみた。

「あの……。お繁さんは漢字の読み書きは、どちらかの私塾で学ばれたんですか」

　するとお繁は笑った。

「そんなところへ通ったことはないよ。自分で学んだんだ。まあ、私のお師匠様に教えてもらったっていうのもあるけれどね。そのお師匠様だって独学だったんだから、私もそれを受け継いだってことさ」

　お葉は目を見開いた。

「そうだったんですか。ご自分で学ぶなんて……凄《すご》いです」

「あら、道庵先生だって、そうじゃないか。先生もお師匠様から学び取っただろうけれど、字の読み書きなどは、自分で学んだところが大きいと思うよ。今じゃ、先生は、どんな書物でも読めてしまうだろう」

「確かに……」

　行灯《あんどん》の灯りの中で、手酌で酒を味わいながら書物を読み耽《ふけ》っている道庵の後ろ姿を、お葉は不意に思い出す。

「要は、やる気なんだよ。仕事だって、読み書きだって。何かを読みたいって真剣に思えば、字も覚えちまうもんさ。……もし、あんたもそういう気持ちがあるのなら、手習いの本、よさそうなのを見つけて、持ってきてあげるよ」

「え……本当ですか」

お葉は思わず、遠慮もせずに身を乗り出す。お繁は笑顔で頷いた。

「嘘なんて言わないよ。なんだってさ、やりたくなった時が、始める時なんだ。任せておきな」

「ありがとうございます。嬉《うれ》しいです」

お葉は頰を仄《ほの》かに紅潮させる。

この奥の部屋の棚には、いろいろな書物が置いてあるので、お葉はたまに広げて眺めることがあった。だが、平仮名は読めても漢字はほとんど読めないので、何が書いてあるかが今一つ分からないのだ。薬草と思《おぼ》しき草花の絵に添えられている文が読めないと、お葉は残念な気持ちになる。それが読めれば、その草花のことをもっと知ることができるのに、と。

――漢字が読めるようになれば、どのような本も読める。そして、もっといろいろなことを知ることができるわ。

自分もいつか道庵みたいに、寝る前に本をゆっくりと味わうことができるようになるかもしれない。そう思うと、お葉の胸はときめくのだった。

お葉は夜にも、謙之助に薬を飲ませた。お繁は帰ってしまったので、道庵に看《み》ていてもらう。謙之助はまだ目を開けないが、息は落ち着いていて、熱もない。顔に血色も少し戻っていた。

お葉が口の端を指で押し開くと、謙之助は息とともに、微《かす》かな呻《うめ》きを漏らした。小さな匙《さじ》で独参湯を掬《すく》い、そっと流し込む。何度か繰り返すと、謙之助が顔を少し顰《しか》めた。

——薬の生臭さと、少し癖のある味わいに、気づいたのかしら。……ならば、意識が戻ってきたということ？

お葉が道庵を見ると、道庵は小さく頷《うなず》き、目配せをした。

謙之助に薬を飲ませ終えて部屋を出たところで、道庵がお葉に告げた。

「お葉、お前は今夜から居間で寝ろ」

お葉は目を瞬かせた。

「え……でも、野木様がいらっしゃるので、隣の部屋に私がいたほうがよいですよね」

もし謙之助の容態が夜中に急変しても、お葉が隣にいれば気づくだろうからだ。

「うむ。その役目は俺が引き受けるぜ。今夜から俺が、旦那《だんな》の隣の養生部屋で寝る。旦那がここにいる間はな。だからお前は居間で寝ろ。荷物を持って、移ってくれ」

お葉にも薄々と分かった。きっと道庵は、年頃の娘である自分を気遣って言ってくれているのだろう。

謙之助はおそらく齢《よわい》二十四、五だ。身動きできぬ状態だといっても、若い男の隣の部屋でお葉を寝かせるのは配慮が足りないと、道庵は思ったに違いない。

お葉は道庵に従い、荷物と布団を持って部屋を移った。居間も養生部屋と同じく、六畳ぐらいの広さだ。道庵が、火がまだ熾《おこ》っている炭を十能に入れて持ってきてくれたので、それを火鉢に移した。

部屋が暖まってくると、お葉は紙を取り出し、今日覚えた薬の作り方などを書き留めた。一日を振り返り、溜息《ためいき》をつく。

――今日もいろいろ失敗してしまったわ。お繁さんにもまた怒られてしまったし。

なにやら情けなく、悲しい気分になってくる。ここで道庵の仕事を手伝うようになって一月《ひとつき》経ったが、お葉は部屋で一人になった時などに、不意に思うことがある。

自分はやはり、医術の仕事には向いていないのではないか、と。

今日だって、謙之助の血だらけの姿を目にして気分が悪くなった際に、その思いが過《よぎ》った。

——ここにいたら、いずれ、もっと酷《ひど》い状態の人も見ることになるでしょう。

そう思うと、お葉の心は揺れる。痢病に罹《かか》った両親の看病もそれはたいへんだったが、刃物で刺されたり斬られたりした訳ではなかった。でも道庵の手伝いをしていれば、そのような状態の者たちの手当てもしなければならない。医術の仕事は決して楽なものではないと、お葉は改めて思う。

——目にしたくないものも、見なければいけなくなってしまう。溢《あふ》れる血も、大きな傷口も。そして、いつかは……人の死も、見なければならなくなるだろう。医術の仕事は、人の生死に常に隣り合っているからだ。

——荷が重い仕事だわ。本当に……やっていけるのかしら。

お葉は溜息をつきながら、書き溜《た》めた紙を捲《めく》る。もうすぐ紙が足りなくなるから、また道庵に頼もうと思ったところで、ふと気づく。

——やはり私は、医術のお仕事をたいへんと知りつつ、好きなのかもしれない。

それゆえに学んだことを書き留めたり、字を覚えて医術に関する本を読みたいと思うのだろう。

初めの頃はいつ出ていこうかと悩んでいたのに、ここにまだ留《とど》まっているのも、不器用ながらも道庵の仕事を手伝うのが楽しいからだ。少しずつでも患者の手当を覚え、薬が作れるようになってきた。ずっと惨めな思いをしていた自分が、人から感謝されるようになってきた。医術の仕事は確かに荷が重いが、お葉にとって遣《や》り甲斐《がい》があることなのは確かだ。

お繁に怒られることもあるが、お繁には、呉服問屋の母娘たちのような陰湿さは皆無だ。お繁の言葉は厳しくても、お葉を傷つけるものでは決してない。それどころか、その厳しさに、却《かえ》って心が温まることもあった。

――私は人を手当てしながら、もしかして、自分も手当てされているのかもしれない。患者さんたちを癒《いや》しながら、私も患者さんたちに癒されているのだわ。

お葉は覚えたことだけでなく、心に浮かんだことをも紙に書き留める。お葉は思い出した。

――お繁さん、言っていたわ。治す気持ちがあるんだったら、もっとしっかり薬を飲ませてあげなさい、って。……そうよね。患者さんを治す気持ちがあるならば、もっと気丈にならなければ。どんなことにも動じないように。

書き留めておきたいことが多過ぎて、これでは紙がいくらあっても足りないぐらいだ。

お葉は今日書いた分の紙を乾かしているうちに、うとうとし始めた。一日の疲れが出たのだろう。紙や墨の匂いは、お葉を安心させる。

お葉は文机《ふづくえ》に両手を置き、その上に頬を載せて、暫《しば》し微睡《まどろ》んだ。お繁が約束してくれた、手習い帖《ちょう》の夢を見ながら。


道庵とお葉の手当ての甲斐あって、謙之助の意識は、翌朝には戻った。だが、やはり動くことはまだできないようだった。傷口も痛むらしく、眉間《みけん》に皺《しわ》を寄せている。

厠《かわや》にも行けそうもないので、襁褓《むつき》の取り換えは道庵がすることになった。

「女の患者の時は、お葉、お前がしてくれな」

道庵に目配せされ、お葉はしかと頷く。

そしてこの時、お葉ははっきり気づいたのだ。道庵がお葉に手伝いを求めた、その訳に。それはおそらく、医術の仕事において、女の世話をする時は女のほうが役に立つからだ。

身動きができぬ女の患者の襁褓を替えたりすることは、今までお繁にお願いしていたのだろうが、お繁だって自分の仕事があるのだ。道庵としても、やはり頼むことに躊躇《ためら》いはあっただろう。

するとやはり、自分の手元に手伝う者がいたほうがよい訳で、それにはお葉がちょうど適していたに違いない。

――女の人のお世話をすることは任せてほしいけれど……男の人は、当面は先生がしてくれるわよね。お父つぁんのお世話は、どんなことでも気合いを入れてしたけれど。でも正直、よその男の人のお世話をそこまでする自信は……まだない。

医術そして手当ての険しい道のりを慮《おもんぱか》り、お葉は溜息をつくのだった。

道庵がまめに薬を塗り直していると、謙之助は少しずつ話せるようになってきた。

謙之助は、捕り逃がした掏摸《すり》はもちろんだが、財布を掏《す》られたお爺《じい》さんのことも気にしているようだった。

「お爺さんには覚えがあったんだ。佐久間町《さくまちよう》の材木問屋の大旦那《おおだんな》だと思う。掏られた時に突き飛ばされたようだった。あの後、大丈夫だったのだろうか」

佐久間町には確かに材木問屋が多い。

「そのお爺さんは番所に預かられて、無事だったようですよ。ただ、腰を打ったみたいで、それは気懸かりですが」

「そうだったのか。腰は気になるが、命に障りはなくて、ひとまずよかった」

謙之助は安堵《あんど》の息をついた。

養生部屋を出ると、道庵はお葉に告げた。

「昨日の掏摸の一件を見た者がいねえか、ちょいと訊《き》いてくる」

道庵は外へ出ていき、四半刻《しはんとき》（およそ三十分）もしないうちに戻ってきた。

「髪結い床の主人が、一部始終を見ていたようだ。財布を掏られた爺さんは六十ぐらいだったというから、やはりその後が気になるな。掏摸は若い男で、日本橋のほうに逃げていったそうだ」

「酷いことをしますね。お爺さんのお腰、大丈夫でしょうか」

「寒くなってきたしな」

道庵とお葉は顔を見合せた。

道庵は昼餉《ひるげ》を早く食べ終え、番所に赴いた。お爺さんのことを訊きにいったようだ。

お葉は留守番をしつつ、玄米おにぎりと沢庵《たくあん》で昼餉を済ませる。沢庵は、お葉が漬けたものだ。色づけに鬱金《うこん》を使っているので、躰《からだ》にもよい。沢庵をぽりぽりと齧《かじ》りながら、お葉は思いを巡らせた。

――先生って、ぶっきら棒な割に、世話好きなところがあるのよね。でも……だからこそ、患者さんの手当てができるのかもしれないけれど。

自分も同様だと、お葉はなにやら可笑《おか》しくなる。昼餉を食べ終えてお茶を啜《すす》る頃に、道庵は戻ってきた。

「爺さんが何者か分かったぜ。やはり、材木問屋の大旦那の喜兵衛《きへえ》だった。佐久間町にある、大店《おおだな》の〈唐橋屋《からはしや》〉だ」

「大旦那様は、お家にお戻りになったんですよね」

「うむ。番所から唐橋屋に報《しら》せて、番頭たちに迎えにきてもらったようだ。駕籠《かご》に乗って帰ったらしい」

「やはり、腰を痛められたのでしょうね」

「心配だが、命は無事でよかったぜ。しかし、掏摸の行方は分からねえようだ。番所の奴ら、まったく追わなかったみてえだな。しっかりしろってんだ」

道庵はぶつぶつ言いながら腰を下ろし、お葉を見た。

「まだ患者が来ねえから、あの沢庵、ちいともらえねえかい？　あれ、気に入っちまったんだ。お茶もな」

「あ、はい。すぐにお持ちします」

お葉は腰を上げ、台所へ急いだ。自分が作ったものを喜んでもらえると、やはり嬉《うれ》しい。

——おっ母さんにお漬物の作り方を教わっておいて、よかった。

お葉の母親は沢庵に色づけはしなかったが、ここには生薬として鬱金があるので、お葉は道庵に頼んで使わせてもらった。山梔子《さんしし》とも呼ばれる梔子《くちなし》の実で色づけする作り方もあるから、今度はそれも試してみるつもりだ。山梔子には、心を落ち着かせる効果があり、気鬱《きうつ》を治すのにも使われる。大根自体が胃ノ腑《ふ》によいのだから、それを生薬で色づけすれば、まさに食べる薬だ。

お葉は沢庵を謙之助にも食べてもらいたかったが、まだそれは無理だろう。彼は薬を飲むのが精一杯のようだった。

診療所を仕舞った後で、道庵は訊《たず》ね回って知り得たことを、謙之助に話した。

「掏摸は日本橋のほうへ逃げていったというのか。相手が大店の大旦那と知ってい
て、財布を盗んだのだろうか」
謙之助は目を泳がせる。謙之助をよく見ると、目元が涼しく、なかなか凛々《りり》しい
面立ちをしていた。
道庵は首を捻《ひね》った。
「どうなのでしょうねえ。町中で見かけて、身なりがよくていかにも金持ちそうだ
ったから、いきなり襲う気になったのか。それとも前々から目をつけていて、狙っ
たのか。どちらなんでしょう」
「いずれにせよ、捕まえてやらねば気が済まない」
道庵とお葉は顔を見合せた。闘志が湧いてくるぐらいなのだから、快復の兆しは
あるのだろう。
「是非とも捕まえてほしいですが、旦那、暫《しばら》くはここに留《とど》まってもらえませんか。
お躰が治るのには、もう少し時間がかかりそうですので」
謙之助は深い溜息《ためいき》をついた。
「いつ頃、仕事に戻れるだろうか」
「動けるようになりましたら、大丈夫でしょう。なに、旦那はお若いですから、治

られるのも早いですよ」

「若いといっても二十四だ」

「私からしてみれば、まだまだお若い」

謙之助は苦い笑みを浮かべながら、お葉に目をやった。

「こちらは、先生の娘さんか。それともお弟子さんかい」

「弟子ですよ。名は、葉っぱの葉と書いて、お葉といいます」

「爽《さわ》やかな、よい名だな」

「ありがとうございます」

お葉は一礼しつつ、なにやら胸を波立たせた。道庵に弟子と言われたのが、嬉しいような、気恥ずかしいような、恐れ多いような、複雑な思いだ。

道庵が謙之助に告げた。

「旦那がここへ運び込まれました時、お奉行所から井口様に来ていただいたのです」

「なに。そうだったのか」

「はい。井口様に、旦那をうちで暫くお預かりして治療する旨をお伝えしておきましたので、お奉行所も分かっていらっしゃるでしょう」

謙之助は目を閉じた。

「迷惑をかけてしまったな。奉行所の者たちにも、先生やお葉さんにも」

「ここは一つ、何もご心配なさらず、躰を治すことに専念なさったほうがよろしいのでは」

「……そうだな。元気になって仕事に戻るためにも、そうするか」

謙之助は、一見、それほど男らしさはないのだが、仕事に対する熱意はあるようだ。それゆえに、掏摸《すり》にも敢然と立ち向かっていったのだろう。

まだ半身を起こすことができないので、お葉がまた匙《さじ》を使って薬を飲ませた。謙之助は口が開くようになったので、飲ませやすかった。

だが食欲は湧いてこないようで、お葉がお粥《かゆ》を作っても、呑《の》み込める自信がないと言って口を閉じたままだった。


翌朝、お葉は裏庭で、白い息を吐きながら、小さな声を上げた。鶏が卵を産んでいたからだ。

鶏たちが寒くないように、小屋を油紙で覆って、中に火鉢を置いて暖めているからだろう。促成栽培の遣《や》り方で、鶏たちを元気づけているのだ。そのおかげで、卵が手に入った。

お葉は鶏たちに、ありがとうと言い、産み立ての卵を大切に持って戻った。

お葉は卵を泡立てたものを、謙之助の朝餉《あさげ》に出した。ふわふわのそれを見て、謙之助は目を瞬かせた。

「これ、卵なんです。召し上がってみますか」

お葉が訊ねると、謙之助はそっと口を開けた。お葉は匙で掬《すく》い、謙之助の口へと運ぶ。淡黄色の泡の如きそれは、忽《たちま》ち、口の中で溶けるように消えてしまう。

謙之助は唇を舐《な》め、再び口を開く。お葉は顔をほころばせた。

――卵は滋養がたっぷりですもの。それを口にできるようになったのならば、大丈夫。少しずつ、よくなっていけるわ。

また明日も鶏たちが卵を産んでくれることを祈りながら、お葉は謙之助に食べさせた。

二

謙之助の容態が少し落ち着いてきた頃、彼の母親の和枝《かずえ》が手土産を持って訪ねてきた。

「この度は息子がご迷惑をおかけして、まことに申し訳ございません」

深々と頭を下げる和枝に、道庵は眉《まゆ》を八の字にした。

「いや、そんなに恐縮なさらないでください。ご子息が快復されるまでしっかり診ますので、ご心配なく」

「よろしくお願いいたします」

和枝はようやく頭を上げ、洟《はな》を少し啜《すす》った。

「息子は父親の跡を継いで同心になりましたが、幼い頃から腕力が強い訳でもなくて。だから、はらはらしながら、見守っているのです」

和枝は見たところ、齢《よわい》五十二、三ぐらいだ。謙之助を早くに産んだ訳ではなく、それゆえいっそう息子が気懸かりなのだろう。

「さようですか。でも、ご子息はなかなか気骨があるようにお見受けしますが」

「謙之助は、信念は持っております。人に対する思いやりも。でも、同心の仕事は、それだけでは務まりません。却《かえ》って空回りしてしまうこともありますでしょう。……今回のように」

和枝は赤い目で、深い溜息をつく。道庵は和枝の顔をじっと見た。

「ご子息のことがご心配で、あまりよく眠れていらっしゃらないのではありませんか」

「はい。……息子のこともありますが、以前から躰《からだ》が少し不調なのです」

「どのように具合が悪いのですか」

道庵の問いに、和枝は躊躇《ためら》うように目を伏せる。

「夜中、厠《かわや》に何度も立ってしまうのです。それで、よく眠れなくて」

「下痢をなさっているんですか」

「いえ。……お小水が近いのです。主人も同様で、二人揃ってよく眠れず、具合が悪くなってきてしまって。それで、謙之助の見舞いもすぐには来られなかったのです。先生方にお礼を申し上げますのも、遅くなってしまいました」

和枝は確かに憔悴《しょうすい》した面持ちだ。

「さようでしたか。それは苦しいでしょうな」

「はい。今日も主人と一緒に来るつもりだったのですが、主人は、昨夜は酷《ひど》くて一睡もできず、ぐったりとしてしまっていて。それで、私一人で参りました」

謙之助に家督を譲ってからは、夫婦で向島《むこうじま》の小さな一軒家に移り、村の子供たちに読み書きや剣術の指南をして細々と暮らしているという。だが近頃は体調が優れず、指南もままならないとのことだ。

「なるほど。分かりました。では、お父上様とお母上様にも薬をお渡ししましょうか」

和枝は姿勢を正した。

「それはありがたいですが……よろしいのでしょうか」

「もちろんです。取《と》り敢《あ》えず数日分をお渡ししますので、効き目があって続けてみたいようでしたら、岡っ引きにでもその旨を言って、こちらに寄越《よこ》してください。なに、薬を運ぶ役目など、岡っ引きに頼めばいいんです」

和枝は胸に手を当てた。

「岡っ引きたちのそのような使い方もあるのですね。お薬が本当に効きましたら、それほどありがたいことはございません。息子も心配してくれましてね、生薬屋でよく薬を買ってきてくれていたのですが、いずれも効き目がなかったのです」

道庵は和枝に謙之助の見舞いをさせ、その間に薬を選んだ。丸薬の八味地黄丸《はちみじおうがん》だ。地黄、山茱萸《さんしゅゆ》、山薬《さんやく》、附子《ぶし》など八つの生薬を併せて作る。腎《じん》ノ臓に働き、排尿の不調に効き目がある。この丸薬は予《あらかじ》め作って、薬箱に仕舞ってあった。

お葉が和枝を、謙之助のもとへ案内した。謙之助は母親の突然の訪問に照れていたが、内心は喜んでいるであろうことは、その面持ちからも分かった。

「母上、私も大人なのですから、これぐらいの怪我でいちいち見舞いに訪れなくてもいいですよ」

「そうはいっても、心配なんです、お前のことが。まだどこか頼りないところがありますからね」

「子ども扱いしないでください」

そのような親子の遣り取りが、お葉はなにやら微笑ましい。和枝は目を潤ませた。

「でも、無事で本当によかったわ。先生に感謝しませんと。……あなたにも」

和枝はお葉にも頭を下げる。お葉は和枝の背中にそっと触れた。

「謙之助様、順調によくなられているので、ご安心ください」

「ありがとうございます。不肖の息子ですが、よろしくお願いいたします」

和枝はまた鼻声になった。

和枝が部屋を出る時、謙之助が声をかけた。

「母上も、ご自分の躰を気遣ってください」

息子を振り返り、和枝は頷《うなず》いた。

謙之助の顔を見て、和枝はひとまず落ち着いたようだった。道庵から薬を受け取り、帰っていった。お葉は外に出て、和枝の小さな後ろ姿を見送った。

謙之助は徐々に快復し、食欲も湧いてきたので、お繁に少し見ていてもらうことにして、道庵とお葉は往診に出た。

晴れていても、冷え込みが厳しい日だ。お葉は半纏《はんてん》の袂《たもと》に温石《おんじゃく》を忍ばせ、手を温めながら道庵の後に続く。

和泉橋を渡る時、神田川を流れる猪牙舟《ちょきぶね》からなにやら大きな声が聞こえてきて、お葉はふと見やった。猪牙舟が通った後の、波立ちが目に入った。冬の日差しを浴びて、川面《かわも》は揺らめきながら煌《きら》めいている。

お葉は橋の上で立ち止まった。川を見ても、どうしてかそれほど怖くなかったからだ。前のように、躰が吞《の》み込まれてしまうような感覚も湧いてこない。冷たくもみずみずしい風が、お葉の黒髪を撫《な》でるように吹き過ぎた。

道庵が振り返り、ぼんやりとしているお葉に声をかけた。

「おい、どうした」

「あ、ごめんなさい」

お葉は薬箱を大切に抱え、道庵に駆け寄った。

往診の行き先は佐久間町の米問屋だったので、その帰りに喜兵衛の様子を伺いに、材木問屋の唐橋屋を訪ねてみた。

唐橋屋は、間口八間ほどの立派な構えで、お葉は目を瞬《またた》かせた。道庵は少しも臆《おく》さずに格子戸を開けて、中へ入る。お葉も後に続いた。

道庵は店を見回しつつ、番頭らしき男に声をかけた。

「こちらのご主人、お怪我をなさったと伺いましたが、大丈夫でしたか」

「はい。おかげさまで、大旦那《おおだんな》様は命に障るようなことはございませんでした。……あの、お医者様でいらっしゃいますよね」

番頭は、ちらちらと道庵の身なりを窺う。道庵が須田町で診療所を開いていることと、名前を告げると、番頭は目を瞠った。

「確か、お名前をお伺いしたことがございます。本道でいらっしゃるうえに、鍼《しん》灸《きゅう》や指圧、按摩《あんま》もお得意とか」

「そのような治療もしております。……それでですね、あの時、掏摸《すり》に立ち向かっていった町方の旦那が、その掏摸に刺されましてね。今、うちで養生しているのです」

番頭は息を呑んだ。

「さようでしたか。大旦那様は、突き飛ばされて道に蹲《うずくま》ってしまい、その後のことがよく分からなかったようなのです。お役人様が掏摸を追いかけていったようだった、とは言っておりましたが。それで、お役人様の具合は如何《いかが》なのでしょう」

「こちらも命に障りはありませんよ。じきに治りますでしょう。その旦那が、こちらのご主人のことをやけに気に懸けていらっしゃいましてね。それで厚かましくも、ご無事かどうか、様子を伺いにきてしまったのです」

「さような訳でしたか。お役人様もご無事でいらっしゃって本当によろしかったです」

「お若い方ですから、すぐに動けるようになりますでしょう」

番頭は道庵と、後ろに控えたお葉を眺めた。

「あの。よろしければ一度、大旦那様を診ていただけませんでしょうか。今日、お時間がないようでしたら、また日を改めてお願いしたいのですが」

道庵とお葉は顔を見合せる。

「腰を打たれたと伺いました。まだ痛むのですか」

「はい。さようで。かかりつけのお医者様に診ていただいたのですが、どうも治りが芳しくないのです。強く打ちましたのと……やはり、襲われた時の衝撃が残っているのではないかと」

お葉は眉根《まゆね》を寄せた。掏摸に突き飛ばされたのは、やはり怖かっただろう。そのなかなか消えぬ恐怖が、喜兵衛の腰の痛みを増長させているのかもしれない。

道庵は低い声で答えた。

「今から診てもよろしいですか」

「もちろんでございます。大旦那様に伝えて参りますので、暫《しば》しお待ちくださいませ」

番頭は急いで奥へ入っていく。すると若内儀《おかみ》と思《おぼ》しき女が、声をかけてきた。

「ご苦労様でございます。お父つぁんのこと、よろしく頼みます。あの時以来、すっかりしょげてしまっておりますので」

喜兵衛をお父つぁんと呼ぶところをみると、若内儀は喜兵衛の嫁ではなく実の娘なのだろう。ならば若旦那は、婿養子ということだ。

「腰の痛みは以前からあったのですか」

「はい。多少はございました。でも、今のように動けなくなるほどではありませんでした」

喜兵衛はやはり腰の具合が相当悪いようだ。

若旦那は用事があって、外に出ているとのことだった。喜兵衛の内儀は、既に亡くなっているらしい。

少しして番頭が戻ってきて、道庵とお葉は喜兵衛の部屋へと案内された。

部屋の真ん中で、喜兵衛は布団に横たわっていた。番頭に手伝ってもらって起き上がろうとしたが、腰が痛くて動けないようだ。

道庵が告げた。

「どうぞそのままで」

「あ、はい」

番頭は頷き、喜兵衛を再び寝かせる。喜兵衛は軽い呻《うめ》き声を上げながら、番頭に言った。

「お前は仕事へ戻ってくれ。順二郎《じゅんじろう》が留守だから忙しいだろう」

順二郎とは、若旦那である婿の名と思われた。番頭は丁寧に一礼し、部屋を出ていった。

すぐに端女《はしため》がお茶を運んできて、道庵はそれを一口飲み、喜兵衛に話しかけた。

「この度は災難でしたな。ご無事でよろしかったです」

喜兵衛は弱々しく頷《うなず》いた。

「これぐらいで済んで、よかったと思いませんと」

「以前から腰の痛みはあったようですな」

「ええ。これほど酷《ひど》くはありませんでしたが」

「どのような痛みですか」

「なんといいますか……痺《しび》れるような、引き攣《つ》るような痛みです」

「ちょっと見せてもらえますか」

道庵は布団を捲《めく》り、着物の上から喜兵衛の腰に触れた。喜兵衛はなかなか肉づきがよい。

「ここは痛いですか？　ここはどうですか」

道庵の切診に、喜兵衛は時に顔を歪《ゆが》ませつつ、答えていく。道庵が着物を捲ると、喜兵衛の腰には大きな痣《あざ》が残っていた。

道庵はお葉に告げた。

「お前は芍薬甘草湯《しゃくやくかんぞうとう》を作ってくれ」

そして、できるな、というように目配せをする。お葉はしかと頷き、薬箱を開いた。芍薬甘草湯は、道庵に教えてもらって、以前にも作ったことがある。その名のとおり、芍薬と甘草を調合して作るのだが、その割合が同じなので、覚えやすかった。

芍薬甘草湯は、急に起きる腰痛や腹痛、胃痛、疝痛《せんつう》、月経痛、足の攣りなど、様々な痛みに効き目がある。

道庵もまた違う薬を作り始めた。治打撲一方《ぢだぼくいっぽう》だ。こちらは患部の血行をよくし、打撲による腫《は》れや痛みに効く。

撲樕《ぼくそく》、川芎《せんきゅう》、川骨《せんこつ》、桂皮《けいひ》など七つの生薬を調合して、道庵は手際よく作った。

道庵は喜兵衛に告げた。

「これから暫《しばら》く、この二つの薬を、食事の前か、空腹の時に飲んでください。一日、三回です」

芍薬甘草湯は煎《せん》じ薬《ぐすり》だが、治打撲一方は散薬として作ったので湯か水で飲むように説明する。ちなみに生薬を使って作る薬には、煎じ薬、粉末状の散薬、丸薬の三種があり、効き目もその順に強い。

喜兵衛は道庵に頷いた。

「分かりました。散薬のほうは今、飲んでみてもよろしいですか」

「もちろんです」

道庵の了承を得たので、喜兵衛は顔を顰《しか》めつつ、躰《からだ》を動かそうとする。お葉が支えてあげると、どうにか半身を起こすことができた。

喜兵衛はお葉に手伝ってもらいながら、枕元に置いてあった水で、一包飲んだ。胃ノ腑《ふ》のあたりを撫《な》でながら、喜兵衛は息をついた。

それから道庵は、喜兵衛をうつ伏せにして、指圧をして、灸《きゅう》を据えた。それぞれ痛みや熱さを伴うので、喜兵衛は悲鳴にも似た声を上げ続け、娘や番頭が覗《のぞ》きにきたほどだった。

道庵は最後に、喜兵衛の腰を抱えながら、揺するように何度か大きく動かした。喜兵衛は絶叫してぐったりとするも、不意に目を開け、身を起こした。

「あれ……。なにやら、急に腰が楽になったような」

道庵は喜兵衛に微笑んだ。

「効いたみたいで、よかったです。痛いからといってあまりに動きませんと、よけいに腰が衰えてしまいます。散歩ができるようになったら、毎日少しでいいので、歩いてみてください」

「先生、ありがとうございます」

喜兵衛は道庵に厚く礼を述べた後で、項垂《うなだ》れた。先ほど番頭から、謙之助のことを聞かされたようだ。

「あの時、お役人様が掏摸《すり》を追いかけていかれたのは覚えておりましたが、その後どうなったのか分からなかったのです。お役人様は刺されてしまったとか。……私のために、たいへんな思いをさせてしまいました」

「町方の旦那《だんな》ならば、町人を守ることが務めでしょうから。お気になさることはありませんよ。傷はそれほど深くありませんでしたし、少しすれば動けるようになるでしょう」

喜兵衛は息をついた。

「大事に至らなくて、本当によかったです。いつか改めて、お詫《わ》びを申し上げなければ」

「私から伝えておきましょう」

喜兵衛は道庵に再び頭を下げる。道庵は姿勢を正した。

「掏摸の奴は、なんとしてでも捕まえたいところですな。財布を取り戻しませんと」

「私は、金はどうでもいいのです。ただ……あの財布には、亡くした息子が小さい頃に描いてくれた絵が入っていたんです。私を描いてくれたもので、私にとっての宝でした」

お葉も姿勢を正し、喜兵衛の話に耳を傾けた。喜兵衛の息子は十二の頃に病で亡くなったので、店は娘婿が若旦那として継ぐことになったようだ。

「あの絵だけでも取り戻せたら……」

喜兵衛は唇を噛《か》む。喜兵衛はその絵を折り畳んで、お守り代わりとして、財布に入れていたらしい。

息子の形見の品を奪われてしまった喜兵衛の気持ちを慮《おもんぱか》ると、お葉は遣《や》り切れない。奉公先のお嬢様に母親の形見を壊された時、お葉も酷《ひど》く悲しかったからだ。

道庵も硬い面持ちだった。


道庵とお葉が作る薬と、丁寧な手当てが効いたのか、謙之助は順調に快復していった。五日目には動けるようになり、食欲も戻ってきた。

「お葉さんが美味《おい》しいものを作って食べさせてくれるから、すっかり元気が出てきたよ。ありがとう」

謙之助にも礼を言われ、お葉の胸は温《ぬく》もる。同心といえば勇ましい印象があるが、謙之助は至って穏やかだ。だが掏摸に立ち向かっていくなど、いざとなれば強さを見せるのだろう。

お葉は夕餉《ゆうげ》に、謙之助に鴨鍋《なべ》を出した。鴨肉は、ももんじ屋で下ごしらえしてもらった。鴨肉と葱《ねぎ》だけの鍋だが、どちらもたっぷり入って、滋養に溢《あふ》れている。

鴨などの獣肉には、躰を作る効果、傷んだところを修復する効果がある。獣肉を食べるのを薬食いと言うだけのことはあるのだ。葱には、血の巡りをよくし、免疫の力を高める効果があった。

謙之助の傷の治りをよくし、体力をつけさせるために、道庵が鴨鍋を提案したのだ。

ご飯は、玄米ではなく白米だ。若い男には、そのほうがやはり力はつくと思われた。だがお葉は道庵から、餅《もち》や糯米《もちごめ》、それからできているおかきなどは決して食べさせるなと言われていた。餅や糯米は患部に熱を持たせてしまい、傷の治りを悪くするからだ。

謙之助は、鴨鍋と白米ご飯を、夢中で食べた。その姿を見て、お葉は安堵《あんど》する。

──もう、大丈夫ね。

食べることは、すなわち生きることだと、誰もが言う。そしてお葉はこうも思う。食べられるということは、すなわち生きられるということだ、と。

お葉が両親を看《み》ていた時、食べられなくなっていく姿を見るのが、とても怖かった。そして両親が何も口にできなくなった時、お葉は絶望した。もう、命が終わってしまうのだ、と。

目の前の謙之助は、笑顔でもりもり食べている。その姿は、まさに、鴨や葱や稲の命をいただいているかのようだ。

「おかわりくれるかな」

謙之助に茶碗《ちゃわん》を差し出され、お葉はお櫃《ひつ》からたっぷりよそって、返した。


次の日の昼過ぎ、謙之助の先輩である井口が見廻《みまわ》りの途中で診療所に立ち寄った。後輩の様子を見にきたのだ。

動けることができるようになった謙之助を眺め、井口は目を細めた。

「これほど早く快復するとは。……先生、野木はいつ頃仕事に戻れますか」

「あと、四、五日は休んでほしいですな。無理しますと、せっかく塞《ふさ》がってきている傷口が、また開いてしまいかねないので」

すると謙之助が口を挟んだ。

「先生の言いつけどおり、仕事はもう少し休むが、動けるようになったので、そろそろ役宅には戻ろうと思う。いつまでもここにいては、迷惑をかけてしまうのでな。私としては、居心地がよいので離れがたいのだが」

道庵とお葉は顔を見合せる。井口は頷《うなず》いた。

「そうだな。いくら快適といっても、ここは旅籠《はたご》ではなく診療所だ。具合がよくなったら、速やかに去るべきだ。野木、役宅へ戻れ」

謙之助は顎《あご》をさすった。

「いや、手当てはよくしてくれるわ、食事は旨《うま》いわ、本当に旅籠で寛《くつろ》いでいるようだった。お葉さんが作ってくれるものは、料理でありながら、薬のようでもあって、食べると力が漲《みなぎ》るんだ」

褒められ、お葉は含羞《はにか》む。道庵が口を出した。

「では、あと二日はここでお寛ぎくださって、三日目に役宅へとお帰りになるのは如何《いかが》でしょう」

今度は謙之助と井口が目と目を見交わす。二人は納得し、謙之助はもう少しここで養生することになった。

謙之助の母親の和枝に渡した薬も効いたようで、井口が帰った後で、岡っ引きが取りにきた。道庵を手伝いながら、お葉も八味地黄丸の作り方を覚えていった。ちなみに八味地黄丸は、壮健だった徳川家康公《とくがわいえやす》も好んだ薬であり、自ら調合していたという。

三

次の日は、朝から雨が降っていた。冬の雨の日は、診療所もあまり混まない。患者を診る合間にお葉は生姜湯《しょうが》を作り、謙之助に運んだ。謙之助は目を細めて飲み、息をつく。

お葉は道庵と一緒に、診療部屋で味わった。生姜と蜂蜜《はちみつ》、葛《くず》、柚子《ゆず》の搾り汁で作る生姜湯の、甘やかで仄《ほの》かに辛みのある香りは、寒い朝にぴったりだ。

躰《からだ》が温まった頃、黒塗りの格子戸が音を立てて開かれ、若い男が入ってきた。お葉が立ち上がって礼をすると、男も返した。土間で傘を閉じる男に、お葉は声をかけた。

「そこで水を切って、立てかけておいてくださいね」

「あ、はい」

男は謙之助より二つぐらい下だろうか。顔を伏せて、大きなくしゃみをした。

「お風邪ですか」

お葉は男に近づき、目を瞬かせた。半纏《はんてん》や褞袍《どてら》も纏《まと》わず、小袖《こそで》一枚の姿なのだが、ずいぶん濡《ぬ》れてしまっている。立てかけられた傘に目をやると、ところどころ破れていた。

お葉はすぐに手ぬぐいを持ってきて、男に渡した。

「それでは、いっそう風邪が酷《ひど》くなってしまいます」

「あ、いいえ。今、くしゃみが出てしまいましたが、俺は別に風邪は引いていません。……具合が悪いのは、おっ母さんなんです」

道庵も土間のほうへとやってきた。

「おっ母さんは連れてきたのかい」

「いえ。動けないんで、往診をお願いしたいんです」

「今日かい？」

「あ、はい。できれば。七つ（午後四時）頃に来てもらえるとありがたいんですが」

道庵は顎をさすった。

「うむ。いいだろう。じゃあ、家を教えておくんな。お前さんの名前も」

「堀江町《ほりえちょう》の蜻蛉《とんぼ》長屋です。俺は勘太《かんた》といいます」

「日本橋のほうか。ちいと離れているな。おっ母さんはほかの医者にも診てもらったかい」

「はい。……でも、どの医者に診てもらっても、一向によくならなくて」

勘太は唇を嚙《か》み締める。

「どのような状態なんだ」

「とにかく元気がなくて、寝たきりになっちまってて」

「うむ。滋養不足なのかもしれねえなあ。まあ、とにかく、後で行くぜ。その時に、ちゃんと診よう」

勘太は縋《すが》るような目で、道庵を真っすぐに見た。

「ありがとうございます。あの、俺、先生の噂を聞いたんです。腕がよくて、たいていの患者は治してしまう、って。だから、どうしてもお願いしたくて」

「分かった。雨の中を来てくれて、ありがとよ」

道庵は勘太の肩を叩《たた》く。

「いいえ。こちらこそ、雨の中、往診を頼んでしまい、すみません」

「いいってことよ」

笑みを浮かべる道庵を、勘太は上目遣いで見た。

「あの。薬礼は、やはり高いのでしょうか」

「いや、それは診てみなければ、なんとも言えねえよ」

「もし足りないようでしたら」

「その時はその分を付けにしておいて、来月払ってもらうぜ」

勘太は納得したように頷き、破れた傘を差して帰っていった。

「往診までに雨が止むといいな」

「そうですね。小降りになってきたから、昼過ぎには上がるかもしれません」

道庵と話しながら、お葉は一瞬びくっとした。この時季でも半分開けている、廊下に面した板戸の傍らに、謙之助がぼんやりと佇《たたず》んでいたからだ。厠《かわや》に行って帰ってきたところだろうが、なにやら目が虚《うつ》ろになっている。

「どうなさったんですか」

お葉が声をかけると、謙之助は掠《かす》れた声を出した。

「今の男……私を刺して逃げた、掏摸《すり》だ」

お葉は思わず両手で口を押える。道庵も息を呑《の》んだ。

暫《しば》しの沈黙の後、道庵がぽつりと言った。

「もし旦那《だんな》の仰《おつしや》ることが本当ならば、もしやおっ母さんの薬礼に困って仕出かしたことだったのかもしれません」

謙之助は頷いた。

「言っては悪いが、裕福には決して見えなかったからな。おそらく、そのようなところだろう。だが、どのような訳があっても、悪いことをしては罪になる」

道庵は謙之助を真っすぐに見た。

「旦那、勘太を捕まえますかい？」

謙之助は口を閉ざして板戸に凭《もた》れ、少し考えてから答えた。

「私は動けるようにはなったが、捕り物ができるまでには快復していない。下手に動いて逃がしてしまっても困る。先輩の井口さんに頼んでもいいが……ここはもう少し、様子を見るか」

道庵は微《かす》かな笑みを浮かべた。

「そうですよ、旦那。慎重にいきましょう。まずは私たちが往診にいって、勘太の周りを探って参ります」

「うむ。私もついていこう。中には入らず、外から様子を窺《うかが》っていよう」

だが、道庵は承知しなかった。

「それはいけませんぜ、旦那。日本橋の堀江町といえば、ここから結構歩きますからね。まだ無理しちゃいけません」

「無理ではない。それぐらい歩ける」

「いえ、駄目です。ここにいる限りは、私の言うことを聞いてもらいましょう。旦那はここで、おとなしくしていてください」

道庵の有無を言わさぬ眼差《まなざ》しに、謙之助は膨れっ面になる。お葉は二人を交互に見やり、小さな息をついた。


七つになる前に、道庵とお葉は往診に出た。謙之助はまだ駄々をこねるので、お繁に見張っていてもらうよう頼んだ。

雨は小降りになっていたので、堀江町まで行くのは、それほど苦ではなかった。お葉は薬箱を風呂敷《ふろしき》で二重に包み、濡れないように気を遣った。

堀江町のあたりは掘割で囲まれている。肌荒れに悩んでいたお澄の家の近くだ。雨が降りかかる掘割が目に入っても、お葉は顔を背けることもない。雨が水面《みなも》を打つと、小さな円ができては消える。薄暗い水面は侘《わび》しさを感じさせるが、雨を弾《はじ》く音はなにやら心地よかった。

擦れ違う者たちに訊《たず》ねながら歩くと、蜻蛉長屋はすぐに見つかった。奥から三番目の家と聞いていたので、その前に立つ。腰高障子の紙はところどころ破れていて、そこから覗《のぞ》いてみると、勘太の姿があった。

道庵は声をかけた。

「往診に参りました」

腰高障子はすぐに開かれ、勘太が頭を下げた。道庵とお葉は袂《たもと》から手ぬぐいを取り出して、それぞれ上着についた雨滴を拭《ぬぐ》い、家に上がった。

勘太の母親のお延《のぶ》は、部屋の片隅で床に臥《ふ》せていた。顔色が酷く悪く、痩《や》せており、咳《せき》もしている。道庵はすぐにお延の診療にかかった。望診、問診、聞診、切診と済ませ、道庵は言った。

「腫物《はれもの》などはできていねえようだ。体力が落ちていて、衰弱しているだけだから、根気よく薬を飲めば治るぜ。今まで、どんな薬をもらっていたんだ？」

「はい。高麗人参《にんじん》が入ったものです。……でも、高い割には効かなくて」

勘太は答え、目を伏せる。道庵は腕を組んだ。

「うむ。俺も人参が入ったのを渡そうと思っていたんだが。補中益気湯《ほちゆうえつきとう》ってのは、もらったことがあるかい？」

「いえ……たぶんないと思います」

「じゃあ、それを渡すことにするぜ。お葉、今から言うものを薬箱から取り出してくれ。まずは人参、それから黄耆《おうぎ》」

「はい」

お葉は姿勢を正し、てきぱきと取り出して道庵に渡す。

「それから蒼朮《そうじゅつ》」

「はい」

お葉に渡されたものを眺め、道庵は突き返した。

「これは白朮《びゃくじゅつ》。似て異なるものだ。間違えるな」

お葉は、あっ、と小さく叫び、頭を下げた。

「申し訳ございません。気をつけます」

急いで蒼朮を探し、道庵に渡す。その様子を眺めていたお延が、か細い声を出した。

「お弟子さん、可愛いわね。懸命に頑張っていて」

お葉はお延を見た。お延はやつれた顔に微《かす》かな笑みを浮かべている。お葉は微笑みを返した。

「ありがとうございます。まだまだ失敗が多くて叱られてばかりですが」

「でもね……あなたみたいな人を見ていると、それだけで励まされるわ。私も頑張って、元気にならなくちゃね」

お葉はお延を見つめる。道庵も薬を作る手を、不意に止めた。お葉は澄んだ声を響かせた。

「お延さんを励ますことができて、嬉《うれ》しいです。元気になるお手伝いをさせていただきますので、一緒に頑張りましょう」

お延は床の中で、何度も頷《うなず》く。その目は微かに潤んでいるようだ。勘太は母親を見守りながら、背筋を伸ばしておとなしくしていた。

薬ができると、道庵はそれを勘太に渡し、煎《せん》じ方を説明した。勘太は熱心に聞き、歯切れが悪くも訊ねた。

「あの、それで薬礼はいくらですか」

すると道庵は顎《あご》を撫《な》でながら、目を泳がせた。

「うむ。実はそれに使った当帰の値段が、近頃よく変わるんだ。診療所へ戻って、値段を確かめてから、もう一度算盤《そろばん》を弾いてみる。だから今日のところは、お代はいいぜ」

勘太は目を大きく瞬かせた。

「え……本当に、いいのですか」

「いくらかはっきりしねえもののお代をもらう訳にはいかねえだろう。それで、薬はやはり暫《しばら》くは飲み続けてほしいんで、なくなったらまた必ず取りにきてくれ」

「はい」

勘太は、しかと頷く。道庵はさりげなく訊ねた。

「仕事場はこの近くかい」

「いえ。……決まっていないんです。日雇いなので」

勘太は、寝息を立て始めた母親を見やりながら、ぽつぽつと身の上を語った。勘太は十五の頃から左官屋の道を歩んでいたが、親方と揉《も》めて仕事を馘《くび》になり、それからは日雇い人足として働いているという。

「お父つぁんはいねえのかい」

「三年前にふらりと出ていっちまいました」

「捜さなかったのかい」

「酒癖が悪くて、よくおっ母さんを殴っていたので、出ていってくれてホッとしました。俺も殴られていましたし」

勘太は弱々しく笑った。

やはり道庵たちが察したように、勘太は薬礼に困っていたのだろう。

お延のことを慮《おもんぱか》り、道庵とお葉は掏摸《すり》の件については勘太に何も問わずに、帰っていった。雨はもう止んでいたが、外は既に薄暗かった。


道庵とお葉は診療所に戻ると、謙之助に勘太の事情を報《しら》せた。謙之助は黙って聞き、少し考え、言った。

「財布を返してくれれば、今回限り、許してやってもいい」

お葉は目を見開いた。まさか同心である謙之助の口から、そのような言葉を聞くとは思わなかったからだ。お繁も驚いたようだった。

「今回だけならば、見逃してやるってことですか？　旦那《だんな》を刺した相手なんですよ」

謙之助は苦笑した。

「それはまあ、そうだが。でも、考えてみろ。今、勘太が捕まったら、母親の面倒は、いったい誰が見るんだ」

お葉は、はっとした。お繁も言葉を失う。自分が刺されたというのに、謙之助は、勘太の事情を慮っているのだ。勘太が今捕まれば、母親は一人になり、病も治らなくなってしまうと考えたのだろう。

お葉は、謙之助の母親の和枝を思い出した。和枝と話していた時、謙之助は照れゆえか突《つっ》慳貪《けんどん》だったが、それでも母親に見舞ってもらって嬉しかったであろうことは伝わってきた。母親を思う者として、謙之助には勘太の気持ちが分かったのだろう。

──そういえば、お母上様が仰っていたわ。謙之助様もお母上様のために、生薬屋さんで薬を買ってきてくれていた、って。

お葉は謙之助を眺める。謙之助は穏やかな声で続けた。

「それゆえ、勘太は見逃してやってもいい。だがな、財布は返してもらいたい。その財布には、亡くなった子供が描いたという、喜兵衛の宝物の絵が入っていたと聞いた。それをどうしても、喜兵衛に返してあげたいんだ」

お葉たちは目と目を見交わす。道庵が口を開いた。

「喜兵衛さんは確かに、財布に入っていた金はどうでもいい、ただ絵を返してほしいと言ってましたからね。旦那が仰るように、絵だけでも返してあげたいところです」

お繁が首を捻《ひね》った。

「でも、財布をまだ持っていますかね。掏摸って、証《あかし》が残らぬように、中身だけ抜き取って、財布はすぐに捨ててしまうって話ですが」

「まあ、確かに、大方はそうだな。まだ持っていてくれるよう、祈るばかりだ」

溜息《ためいき》をつく謙之助に、道庵が言った。

「四日後ぐらいに、薬を受け取りに、勘太がここを訪れると思います。その時に、ちょいと説得してみましょうか」

「お願いできるか。私がその場に居合わせてもいいが、同心、しかも刺した相手の姿があると、勘太がまた逆上するかもしれないからな」

「仰るとおりで。私に任せてください。旦那のご厚意を伝えて、財布についても訊《たず》ねてみますよ」

「お願いする」

道庵と謙之助は頷き合う。謙之助が診療所にいるのは、明日までだった。

四

謙之助が去って、二、三日した頃、海老茶色《えびちゃ》の羽織を纏《まと》った男が診療所を訪れた。同じ須田町にある、質屋の若旦那の進一郎《しんいちろう》だ。進一郎は懐手で、洒落《しゃれ》た襟巻きを巻いている。

「おっ、お葉ちゃん、今日も可愛いねえ」

調子よく挨拶《あいさつ》する進一郎に、お葉は眉《まゆ》を八の字にしてしまう。診療部屋へ案内すると、道庵がさりげなくお葉に告げた。

「裏庭で、例の草を摘んできてくれ」

道庵がこう言う時は、別に本当に草を摘んでもらいたい訳ではなく、お葉に診療部屋を離れてほしいという合図だ。

お葉は、道庵と進一郎に丁寧に礼をして、部屋を出ていった。

裏庭に行き、手に息を吹きかけながら、寒い中でも青々と茂る薬草たちを眺める。

道庵がお葉を診療部屋から出ていかせたのは、進一郎が痳病《りんびょう》に罹《かか》っているからだ。色好みの進一郎は、女遊びをしてはいろいろな病をもらってくる。道庵は、お葉にはまだ、そのような患者の手当てをさせたくはないようで、いつも一人で診ていた。

——あの若旦那さん、ちょくちょくここを訪れるけれど、そのような病って治りにくいのかしら。それとも、治り切らないうちにまたどこかで遊んで、酷《ひど》くなるのかしら。

伝染《うつ》したり伝染されたりして、病が蔓延《まんえん》したらどうなるのだろうと、心配になる。よく懲りないものだと、お葉は溜息をついた。

気を取り直して、猿捕茨《さるとりいばら》の紅《あか》い小さな実に触れてみる。猿捕茨は山帰来《さんきらい》とも呼ばれ、その紅い根には、痳病などの性の病を治す力があるのだ。

——寒い時季に花を咲かせたり、実をつけたりする草花は、強い力を秘めているのよね。

紅い小さな実はなんとも愛らしくて、ずっと眺めていても飽きないほどだ。葉も大きくて艶《つや》があり、柏餅《かしわもち》を包む時、柏《かしわ》の葉の代わりにも使われる。

——猿捕茨の実と葉っぱで、飾りを作ってみたいわ。

そのようなことを考えていると、道庵がお葉を呼びにきた。進一郎は帰ったようだ。お葉は腰を上げ、中へ戻っていった。

その日の昼過ぎに、勘太が薬を受け取りに、診療所を訪れた。勘太は道庵とお葉に、深く頭を下げた。

「作ってくださった薬、おっ母さんにとても効き目がありました。日に日に顔色がよくなって、食べることもできるようになったんです。半身を起こすことも」

「そりゃよかった。暫《しばら》くすれば、動けるようになるぜ。そしたら、足腰が弱らねえよう、散歩ぐらいには付き添ってやりな」

「はい。本当に、先生方のおかげです」

勘太は思わず声を詰まらせる。道庵は勘太を眺めた。

「いや、おっ母さんがよくなってきたのは、お前さんのおかげさ。医者を探し回って、いろいろな者に診てもらったんだろう」

「いえ……俺は探しただけで、俺が診られる訳ではありませんから。診てくださった先生のおかげなんです」

「うむ。まあ、俺たちも役には立てるだろうがな。でもよ、おっ母さんの傍にいて、いつも面倒を見てやれるのは、お前さんなんだぜ。だから、もう、決して悪いことはするなよ。おっ母さんのためにもな」

道庵に見据えられ、勘太の顔色が変わる。お葉は怖いような気がして、身構えた。

罪に気づかれたと悟った勘太が、逆上して暴れるのではないかと、ふと思ったのだ。

勘太は、根は悪い者ではないだろうが、追い詰められれば、人は何をするか分からない。現に、勘太は謙之助を刺している。

――刃物などを隠し持っていたら、どうしよう。

お葉に震えが走る。

だが、勘太はうつむいてしまっただけだった。道庵は穏やかな声で続けた。

「お前さんが掏摸《すり》をしたことは分かっている。あの時にお前さんが刺したお役人様が言うには、財布を返せば許してやるそうだ」

勘太は肩をびくりと動かし、顔を少し上げた。

「あの中に絵が入っていただろう。あれは掏《す》られた者の宝物だったんだよ。幼くして亡くなった息子が、自分の姿を描いてくれたものだった。それを返してあげてえんだ。まさか、捨てちまったなんてことはねえよな」

道庵は勘太を睨《ね》める。勘太は肩を震わせ、涙を零《こぼ》しながら突っ伏した。

「申し訳ありませんでした。薬礼に困って……どうしようもなくなってしまって」

勘太は素直に罪を認め、謝りの言葉を繰り返す。道庵は顎《あご》を撫《な》でつつ、その姿を眺めた。

「そのことだが、俺は薬礼はいらねえよ。なに、掏摸をするほど困っている者から、高い金をもらうなんて、気持ちのいいもんじゃねえからな。だから財布を返すだけでいいぜ」

勘太は涙に濡《ぬ》れた顔を上げ、道庵を見つめた。お葉も目を瞬かせる。

道庵に微笑まれ、勘太はいっそう涙を零す。勘太はお葉が懸念したほど、荒くれ者ではないようだ。あの時、謙之助を刺してしまったのは、よほどに切羽詰まっていたからだったのだろう。

──疑ってしまって、悪いことをしたわ。

お葉の心が微《かす》かに痛む。道庵は静かに、薬を作り始めた。

勘太は財布を捨ててはいなかった。明日の朝それを持ってくると約束して、帰っていった。

勘太を見送った後、お葉は道庵に訊ねた。

「薬礼は本当に受け取らなくてよいのでしょうか」

「うむ。受け取らねえよ、勘太からは。なに、金なんてのは、あの質屋の若旦那みてえな奴から、たんまりもらえばいいんだ。性懲りもなく女遊びばかりして、お内儀にまで病を伝染すような阿呆《あほう》からな」

道庵は涼しい顔で、お葉に目配せする。目を瞬かせるお葉に、道庵は付け加えた。

「もらえるところからはしっかりもらっているから、心配するな。ここがやっていけなくなることは、ねえよ」

その気楽な物言いに、お葉は頰を緩ませ、頷《うなず》く。そしてまた、別のことを訊《たず》ねてみた。

「勘太さんは本当に、明日、お財布を返しにきてくれるでしょうか」

「来ると思うぜ。逃げちまうなんてことは、ねえよ。俺はあいつを信じる」

お葉は道庵を見た。二度しか会ったことのない勘太を、お葉はすぐには信じることができなかった。でも道庵は信じるというのだ。それは勘太の心根を見抜いたからなのだろうか。それとも勘太が善人であってほしいという、願いからなのだろうか。

お葉がうつむいていると、格子戸が開かれ、患者が入ってきた。お葉は速やかに立ち上がり、土間へと出ていった。

お葉はその夜、なかなか眠れず、文机《ふづくえ》に頰杖《ほおづえ》をつきながら、考えを巡らせた。

――先生は、私のことも信じてくれているのだろうか。

両親を喪《うしな》い、奉公先から逃げ出したお葉は、身元がはっきりしている訳ではない。道庵は、そのお葉を傍らに置いて、仕事まで手伝わせているのだ。お葉を信じていなければ、そのようなことはできないだろう。

初めは不安に思うこともあったが、道庵はお葉を傷つけたりするようなことは、まったくない。お葉を弟子として、純粋に迎え入れてくれているようだ。

――先生は、お心がとてもとても広い方なのね。

それゆえに、勘太から薬礼を受け取ることもしないのだろう。

行灯《あんどん》の揺れる灯りを眺めながら、お葉の目に、道庵の姿が浮かぶ。朴訥《ぼくとつ》で、いつもは怒っているかのような顔つきなのに、笑うと皺《しわ》の刻まれた目尻《めじり》が下がり、優しげな顔になる。その笑顔を思い出し、お葉もつられたように頬を緩める。

静かな部屋に、火鉢の炭が爆《は》ぜる音が、時折響く。冬の夜、お葉の心は、真綿に包まれているかのように温《ぬく》もっていた。

約束どおり、翌朝、勘太は財布を返しにきた。

「本当に申し訳ありませんでした」

もう一度詫《わ》びを述べ、勘太は深く頭を下げる。道庵が財布の中を確かめると、金はまだ残っていて、絵も無事であった。

黒塗りの格子戸が開いて、謙之助も現れた。昨日、勘太が帰った後で道庵が番所へ行き、事情を話して、謙之助に伝えてもらうよう頼んだのだ。

謙之助を見て、勘太は顔を強張《こわば》らせた。そして目に涙を浮かべ、項垂《うなだ》れながら、自分が刺してしまった同心に、手を差し出した。覚悟のうえで、逃げずに財布を返しにきたのだろう。

「お縄を……かけてください」

謙之助は鋭い目つきで、勘太を睨める。お葉がはらはらしながら様子を窺《うかが》っていると、謙之助は診療部屋の床を踏み鳴らして勘太に近づき、その手を勢いよく摑《つか》んだ。

「お前のおっ母さんがよくなるまで、傍にいて、面倒を見てやれ。その代わり、同じことをまたやったら、今度はただじゃおかねえぞ」

凄《すご》みのある声を響かせ、謙之助はにやりと笑った。謙之助は、やはり捕まえる気はないようだ。

謙之助に手を握られたまま、勘太は泣き崩れた。

謝りの言葉を繰り返しながら、勘太は平伏《ひれふ》す。噎《むせ》び泣く勘太を見つめながら、お葉の目頭も熱くなった。

勘太は喜兵衛にも謝りたかったようだが、謙之助はひとまず家に帰らせた。

それから留守番をお繁に頼み、道庵とお葉と謙之助の三人で、喜兵衛の家へと向かった。

喜兵衛の材木問屋に入っていくと、若旦那《わかだんな》の順二郎が出迎えた。

「ご苦労様でございます」

順二郎は同心の姿を目にして顔を少し強張らせつつ、丁寧に中へと通した。

喜兵衛は腰の具合がだいぶよくなり、もう寝込んではいなかった。

「見つかったぞ」

謙之助が財布を渡すと、喜兵衛は手を震わせた。少し減ってはいたが、金も入っている。なにより絵が無事に戻ったので、喜兵衛は涙を流さんばかりに喜び、謙之助に言った。

「私の宝が戻って参りました。これを返してくれた勘太さんには感謝の限りです。お礼に、少ないですが、残りの金子を差し上げます。ご自由にお使いくださいと、お伝えいただけますか」

道庵から聞いて、喜兵衛は勘太の事情を知っていたのだ。喜兵衛の寛大さに、謙之助は胸を打たれたように黙り込む。

お葉は目を丸くした。ここにいる三人の男たち全員に対して、同様の思いだった。

――皆様、なんて懐の深い人たちなのだろう。相手の事情を慮《おもんぱか》って、許してあげることができるなんて。

熱いものが込み上げてきて、お葉は思わず胸を押える。

三人は喜兵衛に厚く礼を述べ、材木問屋を後にした。

すぐに勘太に報《しら》せたかったが、あれから働きにいってしまったようで、戻るのは夕刻頃だろうから、それぞれいったん帰ることにした。謙之助は奉行所へ、道庵とお葉は診療所へと。

診療所を仕舞った後で、道庵とお葉は勘太を訪ねた。腰高障子の桟を叩《たた》くと、お延が開けて迎えてくれた。動けるようになったのだ。

「先生、お葉さん、いらっしゃいませ。おかげさまで、元気が出て参りました」

お延は顔色もよくなっていて、道庵とお葉は安堵《あんど》する。

「それはなによりだ。無理せず、気をつけてくれな。風邪が流行《はや》っているからよ」

「はい。お気遣いありがとうございます」

お延は恭しく頭を下げる。すると勘太も土間に出てきて、複雑そうな面持ちで、会釈をした。道庵は勘太に声をかけた。

「話があるんで、ちいといいかい?」

勘太は頷き、外へ出た。

長屋から少し離れたところに立っている辛夷《こぶし》の木の下で、道庵は勘太に喜兵衛の意向を伝えた。勘太は目を丸くして聞き、項垂《うなだ》れた。喜兵衛の厚意が嬉《うれ》しくも、心苦しいのだろう。勘太は声を絞り出した。

「これで先生へ、薬礼を払えることができるようになりました。それはたいへんありがたく思います。……でも、皆さんに甘えてばかりでは、俺の気持ちが収まりません。お金をもらうのではなく、喜兵衛さんから借りるということにして、月々少しずつでもお返ししていきます」

勘太は道庵を真っすぐに見つめる。喜兵衛、道庵、謙之助たちの懐の大きさを目の当たりにして、勘太も心を入れ替えたようだ。

道庵は頷《うなず》き、勘太の肩を叩いた。

「お前さんの気持ち、喜兵衛さんと旦那に伝えておくぜ。薬礼は心配すんな。負けといてやるからよ。金は無駄遣いせずに貯めておけ。いざって時のためにな」

「はい。先生、いろいろありがとうございました」

道庵は、喜兵衛から頼まれた金子を勘太に渡し、お葉を連れて診療所へと戻った。

冬の夜空に、青白い星がいくつも瞬いている。少し進んで振り返ると、辛夷の木の下で、勘太が二人に向かってまだ頭を下げ続けていた。


翌日、喜兵衛への往診がてら、道庵は勘太が言っていたことを告げた。喜兵衛へ、少しずつでも金を返していこうと思っているようだ、と。

「しかしながら勘太は日雇いの身なので、仕事にありつけないこともあるかと思います。それゆえ、そのような時は、大目に見ていただけましたらと」

するとと喜兵衛は、このようなことを申し出た。

「それならば、うちで働いてみてはいかがでしょう。材木を扱う現場では、かなり躰《からだ》を使うことになりますが、それでいいのならば。ちょうど人が足りなかったところなので、こちらは歓迎ですよ」

道庵とお葉は顔を見合せる。どこまでも心の広い喜兵衛に、お葉までもが頭が下がる思いだ。道庵は喜兵衛に一礼した。

「喜兵衛さんのお言葉、勘太に伝えておきます。ありがたいお申し出に、私からもお礼を申し上げます」

喜兵衛はふくよかな顔に、笑みを浮かべた。

「いえいえ、助け合いは必要ですからな。私も腰を打ったことは災難でしたが、こうして先生方とお知り合いになれて、長年の腰の痛みも治って参りました。すべてが、何かのご縁で繋《つな》がっていたのかもしれません。そう考えましたら、勘太さんを放ってはおけませんよ」

喜兵衛の豊かな心のおかげで、円く収まりそうだ。

道庵は丁寧に喜兵衛の治療をし、お葉も心を籠《こ》めて手伝った。

診療所に戻る道すがら、道庵はお葉へ話しかけた。

「旦那もそうだが、喜兵衛さんも思い遣《や》りがあるなあ。驚いたぜ。お前はどうだい?」

「はい。……私も驚きました」

お葉が素直に答えると、道庵は、ふふ、と笑う。和泉橋を渡る時、風に吹かれながら、お葉は言った。

「でも、先生だって、そうではありませんか。勘太さんに気を遣って差し上げて」

するとと道庵の声の調子が少し変わった。

「うむ。それだが、今回の勘太の掏摸《すり》の件は、そもそも薬礼が高いってことに問題があるんだ。医者の中には、患者の足元を見て、相場よりもさらに高い値を吹っかける者もいるからな。今回の一件は、そのような問題が生み出した歪《ゆが》みだったんだろう。だから俺も医者として、責任を感じちまった訳だ」

「そうだったのですね……」

暮れなずむ空の下、お葉は道庵の後ろ姿を眺めながら、胸を熱くする。道庵の真摯《しんし》な思いが、お葉の心を揺さぶったのだ。


謙之助が役宅に戻ってからは、お葉は再び養生部屋で寝起きするようになっていた。一日を終え、小ぢんまりとした部屋で、お葉は火鉢にあたりながら、今宵《こよい》も文机《ふづくえ》に向かう。

勘太を巡っての三人の男たちの言動を目にして、お葉は道庵に言ったように、正直、驚いた。世の中には、これほど懐の深い人たちがいるのだと。それは、冷たい人々を多く見てきたお葉にとっては、信じがたいことでもあった。

――きっと世の中は、私が思っているよりずっと広くて、いろいろな人がいるのだわ。

お葉はかつて、周りの者たちすべてが敵に見え、憎んでしまったこともあった。人を疑う気持ちで雁字《がんじ》搦《がら》めになって、素直な心を失いかけていたのだろう。

――でも……人って、案外、いいものなのかもしれない。

お葉に、そのような気持ちが湧いてくる。不意に、亡き両親の笑顔が見えたような気がした。

おもむろに立ち上がり、小さな障子窓を開けた。今宵は空がどんよりとして、星が少ししか見えないが、鈍く瞬くそれも美しい。

――お父つぁん、おっ母さん、そうなのかしら？　人って、本当はよいものなのかしら。

空にいる両親に問いかけながら、お葉は暫《しばら》く星を眺めていた。

勘太は恐縮しつつも喜兵衛の材木問屋で働くことになった。寒いこの時季でも汗水を垂らして、真面目に仕事に打ち込んでいるとのことで、道庵とお葉は安堵した。

五

霜月も終わりに近づいた頃、お葉は道庵に小さな包みを渡された。中を開いてみると、金子が入っていて、お葉は目を瞠《みは》った。

「僅《わず》かだが、受け取ってくれ。懸命に手伝ってくれた、給金だ。好きなものでも買うがいいさ。まあ、その程度じゃ、買えるものも限られちまうけれどな」

道庵は苦笑いだ。お葉は包みを胸に押し当て、声を震わせた。

「ありがとうございます。大切にします」

「うむ。来月もまたよろしくな」

お葉の目頭が、不意に熱くなる。道庵は付け加えた。

「紙がほしい時は俺に言ってくれ。紙は高えからな。給金がすぐになくなっちまう」

お葉は道庵に繰り返し礼を言い、ひたすら深く頭を下げた。

その日、仕事を終えると、お葉は近所の絵草紙屋へと駆けていった。仕舞う間際のところにお葉が飛び込んできたので、そこの内儀は驚いたようだった。

「あら、あなた、道庵先生のところでお手伝いしている娘さんよね」

「はい。……あの、本を見せていただきたいのですが」

息を切らしながら答えるお葉に、内儀は微笑んだ。

「どのようなものがお希《のぞ》みかしら。黄表紙、赤表紙、黒表紙、いろいろあるけれど」

ちなみに、黄表紙とは洒落本《しゃれぼん》や合巻本であり、ほかの二つに比べて成人向けの読み物。赤表紙とは、御伽噺《おとぎばなし》を題材として、絵を主にして簡単な筋書や詞書《ことばがき》を加えた読み物。黒表紙とは、浄瑠璃《じょうるり》や歌舞伎、英雄伝などを題材にした読み物である。

お葉は内儀を真っすぐに見た。

「草花や、薬草について書かれた本がほしいんです。絵が多くて、あまり難しくないものが」

齢《よわい》三十ぐらいだろう、ふっくらとした美人の内儀は、お葉の手をそっと摑《つか》んだ。

「ならば、奥のほうに置いてあるから、好きなものを選んでちょうだい」

内儀はお葉の手を引っ張り、それらの本が置いてある一角へと案内した。草花について書かれた本は何種類かあり、お葉は目を瞠った。全部ほしかったけれど、贅《ぜい》沢《たく》は言わず、一冊を選んだ。薬草というよりは、草花全般について書かれていて、絵が多い。

お葉は、その表紙に書かれた本の題名を見つめた。《草花心》とある。草、花、心。これぐらいの漢字は、お葉にも読めた。

——くさばなごころ。

本の名は、お葉の胸に沁《し》み入った。何とはなしに医心にも通じるようで、温かな思いが満ち溢《あふ》れてくる。

お葉はもう一度、その本を捲《めく》ってみた。一つ一つの花が、葉や茎に至ってまでも詳しく丁寧に描かれている。紙のよい香りが漂ってきて、お葉は小さく頷《うなず》いた。

「この本をください」

「はい。ちょっと待ってね。包むから」

「あ、そのままでいいです」

お葉は代金を内儀に渡すと、本を胸に抱えて、急いで絵草紙屋を出た。

「ありがとうございました」

内儀に大きな声をかけられ、お葉は振り返って頭を下げ、また向き直って、さっさと歩いていく。

それから小間物屋へ向かい、太めの糸を買って、診療所へと戻った。

その夜、行灯《あんどん》の灯りの中で、お葉は、初めて自分のお金で買った本を開いた。前の奉公先では、騙《だま》されて、給金をもらうことはできなかった。少なくとも五年はただ働きというのが条件だったからだ。

お葉は世間などそのようなものだと思い込んでいたので、まさか道庵から二月目《ふたつきめ》にして給金をもらえるなどとは思いも寄らなかった。だから渡された時、実は、叫び声を上げてしまいそうなほど驚いたのだ。

その、初めてもらった給金で、お葉は草花に関する本を買った。本を選んでいる時、植木職人だった父親と、その父親を支えていた母親、そして、いつも薬草を扱っていて、その匂いが浸《し》み込んでいる道庵のことを思い浮かべていた。

《草花心》に一通り目を通したところで、お葉はいったん閉じた。次に、書き溜《た》めた紙を纏《まと》めて、小間物屋で買った糸を使って綴《と》じ始めた。道庵に貸してもらった錐《きり》で穴を開け、器用に綴じていく。紙の綴じ方は、手習い所で教えてもらったので、お葉にもできた。

手作りの帳面が完成した。お葉が道庵の手伝いをしながら学び取ったことを綴《つづ》った、《いしんちょう》だ。白い糸で綴じたそれを見つめ、お葉の胸が震える。

《草花心》と《いしんちょう》を並べて、お葉は交互に眺め、頬を緩める。

お葉は、本当は道庵にも、何かささやかなお礼の品を贈りたかったのだ。でも、道庵には足りないものがあるとは思えず、何を贈ってよいのか思いつかなかった。それに道庵には物欲がほとんどないように見えて、欲しがっているものが分からない。

──先生がお好きなものって、本と釣りとお酒ぐらいよね。あとは、お仕事と、食べることぐらいかしら。

お葉は考えを巡らせ、結論に至った。

──ならば、今は贈り物をすることは考えず、毎日しっかりお仕事を手伝って、美味《お》しいご飯を作って差し上げよう。それが、私が先生にできる、お返しですもの。

お葉は再び、絵草紙屋で買った《草花心》を手に取り、柔らかな灯りの中で、時を忘れて読み耽《ふけ》った。

この時季、診療所を仕舞う頃には、既に真っ暗になっている。

「お大事になさってください。お気をつけて」

「いつもありがとうね」

最後の患者だった、近所に住んでいる女髪結いを送り出したところで、謙之助がふらりと訪れた。

「野木様、いらっしゃいませ」

お葉は挨拶《あいさつ》しつつも、傷がまた痛み出したのだろうかと、ふと不安になる。だが謙之助は顔色がよく、なにやら機嫌もよくて、それは杞憂《きゆう》のようだった。

「いろいろとお世話になったのに、ちゃんと礼を言わぬままだったからな。……などと言いつつ、ここがただ恋しくなってしまっただけなのかもしれないが」

謙之助は手土産をお葉に渡し、微笑む。道庵が愛する清酒と、お葉も好きな金鍔《きんつば》の菓子折りだ。

「素敵なお品を、ありがとうございます」

お葉は丁寧に礼を述べ、謙之助を中に通す。突然の来訪に、道庵も喜んだ。

「これは、旦那《だんな》。ようこそいらっしゃいました」

「うむ。ちょいと遊びにきてしまった」

「いいですな。一杯やりましょう」

「もう呑《の》んでもよいのか？　まあ、訊《き》いたところで、とっくに呑み始めているが」

謙之助と道庵は、顔を見合せて笑う。

お葉が料理を作っている間、二人は居間で清酒を傾け合った。

支度ができると、三人で夕餉《ゆうげ》を囲んだ。滋養のある牡蠣《かき》のほか、芹《せり》、葱《ねぎ》、人参《にんじん》、椎茸《しいたけ》、豆腐をたっぷり入れた、牡蠣鍋《なべ》だ。七輪に鍋をかけ、熱々のそれに息を吹きかけて味わう。牡蠣も野菜も、力を与えてくれるようだ。

お葉がつけた熱燗《あつかん》を啜《すす》りながら、謙之助は目を細めた。

「お葉ちゃんは、可愛くて優しくて、料理上手で、いい嫁さんになるなあ」

そのような誉め言葉を聞き慣れていないお葉は、嬉《うれ》しくも、どぎまぎとして頬を赤らめてしまう。

道庵は静かな笑みを浮かべつつ、謙之助に訊《たず》ねた。

「ところで、お奉行所の方々には、勘太のことでは何も言われませんでしたか」

「掏摸《すり》に逃げられたということにしてあるが、井口さんはなにやら勘づいてしまったみたいで、怒られたがな。……まあ、ちょいと手柄を立てることができたんで、面目は保てた」

「ほう、手柄ですか。どのような」

「金目当ての勾引《かどわ》かしがあったんだ」

謙之助の話によると、日本橋の大店《おおだな》の、五つになる息子が攫《さら》われた。悪党どもは、子供を返してほしければ三日の内に千両を渡せ、と強請《ゆす》ってきた。だが、その大店はさすがに千両をすぐには用意できず、困り果ててしまった。息子がどこに連れていかれたのかも皆目分からない。

謙之助が同輩とともにその事件を受け持つことになり、探っていったところ、その大店に以前奉公していた男が疑わしく思われた。その線でさらに探っていき、悪党たちが潜んでいそうな荒ら屋《あばらや》を見つけた。謙之助は直感で、攫われた息子がいるのはここではないかと思い、同輩と交替で見張り続けた。

謙之助が察したとおり、子供はその荒ら屋の中にいた。その子は悪党たちに縛られていたが、器用にも、手と足の縄を自分でこっそり解《ほど》いて、逃げ出す機会を窺《うかが》っていた。

そして、悪党たちが昼間から酔っ払ってうたた寝しかけた隙に、その子は逃げ出した。だが悪党たちは気づいて、すぐに追いかけた。

その時、荒ら屋を見張っていたのが謙之助で、子供に続いて悪党三人が飛び出してきたので、慌てて追いかけた。正直、刺されたところが痛んだが、弱音を吐いている場合ではなかった。

その子供は小さな躰《からだ》ですばしこく町を走り抜け、材木置き場に逃げ込んだ。悪党どもも怒声を上げて、子供を追いかけていく。

材木置き場を逃げまどううちに、子供に向かって材木が倒れかけてきた。その時、既《すんで》のところで、そこで働いている男が子供を突き飛ばし、自分が覆い被《かぶ》さるようにして子供を守った。子供は、それで材木の下敷きにならずに済んだ。

謙之助は酒をゆっくりと啜った。

「で、子供を守ったその男が、勘太だったという訳さ。悪党たちは倒れた材木に直撃され、その場でへばってしまったので、私一人で三人を捕らえることができた。病み上がりだというのにな。子供も大店へ無事返すことができた。……どうだ、大手柄だろう」

道庵とお葉は目を見合す。道庵は、謙之助に酒を注いだ。

「なるほど、それは見事ですな」

お葉がおずおずと訊ねた。

「勘太さんにお怪我はなかったんですか」

「ああ。肩を少し痛めたぐらいだから心配はないが、近いうちに、またこちらを訪れるかもしれないな。……私と同じく、ここが恋しくなって」

「その時は、しっかり診ましょう」

酒を酌み交わす道庵と謙之助の傍らで、お葉は熱いお茶を飲む。火鉢に置いた五徳に載せた薬缶《やかん》が、音を立てていた。

第四章　決意の時

一

師走《しわす》（十二月）に入り、蠟梅《ろうばい》の黄色い花が咲き始めた。めっきり寒くなってきた頃なので、この花の彩りにはなんとも温かみを感じる。道庵から頼まれたお使いに行く途中、お葉は蠟梅を眺め、顔をほころばせた。

向かった先は、日本橋は本町《ほんちょう》の薬種問屋〈梅光堂《ばいこうどう》〉である。道庵はここから生薬を仕入れているのだ。いつもは持ってきてもらうのだが、今日は急に入用になったのでお葉が取りにいった。

梅光堂には道庵と一緒に挨拶がてらに一度訪れたことがあるが、一人で行くのは今日が初めてだ。

間口六間の入口の戸を開けると、主人の光吉郎《こうきちろう》が笑顔で迎えてくれた。

「お葉さん、いらっしゃい。先生に何か頼まれましたかな」

「はい。突然お伺いして、すみません」

「いや、謝ることはありません。それで、何をご入用でしょう」

「あの、これらのものをいただきたいのですが」

お葉は、道庵が薬の名を記した紙を、光吉郎に渡した。木通《もくつう》や杏仁《きょうにん》、牛蒡子《ごぼうし》など、全部で十種だ。光吉郎はそれを眺め、頷《うなず》いた。

「承知しました。今から用意しますので、お上がりになってお待ちください」

「はい。恐れ入ります」

光吉郎は、お手伝いの身分のお葉にまでいつも丁寧なので、なにやら恐縮してしまう。光吉郎は奥の部屋へと行き、入れ替わるようにお内儀の野江《のえ》がお茶と菓子を運んできた。

「お使い、ご苦労様です。召し上がってね」

出された皿を眺め、お葉の顔がほころぶ。見目麗しい、練り切りの菓子が載っていた。千鳥の形のそれは、雪のように真っ白で、黒い漆塗りの小皿によく映えている。食べるのがもったいないほどで、お葉は見惚《みと》れてしまった。以前、道庵と来た時も、野江は麗しい練り切りの菓子を出してくれたのだ。

「いただきます」

お葉は楊枝《ようじ》で菓子を切り、口に運ぶ。その蕩《とろ》けるような味わいと食感に、思わず目を細めた。

「美味《おい》しいです。……とっても」

「気に入ってもらえてよかったわ」

野江は端整な顔に笑みを浮かべる。光吉郎は齢《よわい》四十七、野江は齢四十三の、落ち着きのある上品な夫婦だ。

お茶を飲むお葉に、野江が問いかけた。

「どう？　お仕事にはもう慣れた？」

お葉は首をゆっくりと横に振った。

「いえ、まだまだです。相変わらず失敗や間違いが多くて、先生やお繁さんからいつも怒られています」

「そうなの？　先生はお葉さんのことを褒めているって、主人が言っていたけれど」

お葉は目を瞬かせた。

「え……そうなのですか」

「ええ。いつも頑張ってくれて、助かっている、って仰《おつしや》っていたそうよ。勘がよくて、呑《の》み込みが早い、って」

お葉は思わず湯呑みを置く。道庵がそのように自分を評価してくれているなど、思いも寄らなかったからだ。

野江は優しく微笑んだ。

「先生が仰っていることは、本当だと思うわ。お葉さんのおかげで、先生、助かっているのよ。だって、先生、近頃、前より明るくなったもの」

お葉は伏せていた目を上げ、野江を見た。

「そう……なのですか」

「ええ。前はなにやら、いっつも仏頂面で。あ、でも今でも仏頂面といえば仏頂面ね。でもね、なんとなく和らいでいるのよ。私だけでなく主人も気づいているの、そのことに」

「確かに、いつも仏頂面ですね。ぶっきら棒で」

「本当よね。私、先生を見ていると、時々、不動明王《ふどうみようおう》を思い出すもの。怖い顔しているから。ねえ、そう思わない？」

話しながら、野江はくすくす笑う。不動明王とは言い得て妙だと、お葉もつられて笑みを漏らす。お茶を一口飲み、お葉は言った。

「私は道庵先生を見ていると、どうしてか、欅《けやき》の木を思い出します」

今度は野江が目を瞬かせた。

「欅？」

「はい。私、巣鴨で生まれ育ったのですが、近くの野原に、大きな欅の木があったんです。先生は、その欅に似ているように思います」

お葉は上手《うま》く言い表せなかったが、こう言いたかったのだ。その欅は深く根を下ろして、どっしりしていて、嵐や雷などにも動じない。猛々《たけだけ》しいのに、四季折々に、繊細に姿を変える。春にはみずみずしく芽吹き、夏には青々と繁り、秋には紅葉の彩りを見せ、冬には枯れるもいぶし銀のような趣がある。

強さと細やかさを併せ持ち、枯れているように見えて内に熱い思いを抱いている道庵は、お葉の目には欅の木のように映るのだ。

道庵の真っすぐさや、節くれ立つようなぶっきら棒なところも、欅の幹と重なり合った。

野江は小さく頷いた。

「そう言われてみれば、そうかもしれないわね。道庵先生は、欅の木みたいな人、か。その喩《たと》え、さすがは植木職人の娘さんだけあるわね」

野江が感心するところへ、光吉郎が薬の包みを手に戻ってきた。

「耳に入りましたよ。お葉さんに欅に似ていると言われたら、先生も喜びますでしょう。欅はなんとも立派な木ですからな。……はい、こちらをお渡しください」

「ありがとうございます。美味しいお茶とお菓子を、どうもご馳走様《ちそうさま》でした」

お葉は夫婦に丁寧に礼をし、薬を風呂敷《ふろしき》に包んで、梅光堂を後にした。


診療所に戻ると、道庵が齢五十ぐらいの女と話していた。どうやら往診を頼みにきたようだ。背筋が伸び、藍《あい》染めの小袖《こそで》に鼠色の羽織を纏《まと》ったその女は、深い溜息《ためいき》をついた。

「嫁の具合が悪くて、このところずっと寝込んでいるのです」

「産後の肥立ちが悪いのか」

「さようです。生まれた子も、やけに小さくて」

どうやら母子ともに不調のようだ。子供を取り上げた産婆がお繁で、道庵を紹介されたという。

女はお留《とめ》という名で、身なりはよいが、どこか険のある顔つきだった。嫁を思っているようで、棘《とげ》のある言葉を時折交える。

「この忙しい時期に寝込むなんて、まったく、なっていない嫁で申し訳ございません」

お留を眺めながら、お葉はふと、以前の奉公先のお内儀様を思い出した。

道庵はお留と淡々と話した。

「寒いからいっそう応《こた》えちまったんだろう。家はどこだい」

「紺屋町《こんやちょう》でございます。代々、そこで紺屋を営んでおりますの」

紺屋とは、染物を生業《なりわい》とする家のことだ。お留が美しい藍染めの小袖を着ていることに、お葉は合点がいった。

お留は咳払《せきばら》いを一つして、身の上を語った。夫とは死別し、一人息子の松造《しょうぞう》が跡を継いでいるという。病に罹《かか》っているのは、松造の女房のお光《みつ》。赤子は男児で、松《しょう》太郎《たろう》と名づけたようだ。

「嫁の肥立ちが悪くて、お乳が出ないんですの。だから口入屋に頼んで、乳持ち奉公人を雇ってはみたのですが、松太郎も弱っているせいかあまり飲んでくれないのです」

「生まれてどれぐらい経つんだ」

「一月《ひとつき》です。嫁は産んだ直後からお乳がほとんど出なかったので、松太郎もそれで滋養がいきわたらなくなってしまったと思うのです。可哀そうに……。松太郎にもしものことがあったらと思いますと、心配で、心配で。嫁にどう責任を取ってもらいましょう」

お留の話を聞きながら、お葉はなにやら引っかかり、眉根《まゆね》を微《かす》かに寄せた。お留はお光よりも、跡取りとなる松太郎のことを遥《はる》かに気に懸けているようだからだ。

「話は分かった。伺おう。薬の支度などがあるから、七つ（午後四時）頃になると思うが、いいかい？」

「もちろんでございます。先生、よろしくお願いいたします」

お留は道庵には頭を下げるも、お葉には目もくれることなく、帰っていった。

約束の刻《とき》に間に合うよう、道庵とお葉はお留の家へと赴いた。日本橋のほうに向かって歩を進め、鍛冶町《かじちょう》のあたりで東へ曲がり、真っすぐに行くと紺屋町三丁目に出る。藍染橋《あいぞめばし》の近くの紺屋〈衣筒屋《いづつや》〉が、お留の家だった。

そのすぐ傍らには藍染川《あいぞめがわ》が流れ、このあたりに軒《つ》を並べる紺屋たちが染物を晒《さら》している。いくつもの反物が高いところから吊り下げられて、風にひらめいている。

その様を眺め、お葉はなにやら鯉幟《こいのぼり》を思い浮かべた。

衣筒屋は、間口七間のなかなか立派な構えの店で、雇われ人たちがせっせと働いている。昔はともかく、今（文政期）では、暖かい時季だけでなく、冬も藍染めができるようになっていた。

衣筒屋の主人の松造は、お葉たちが訪れても、軽く会釈をしただけだった。ちょうど反物を染めていたからだろうが、挨拶《あいさつ》の言葉も返さない。松造は道庵以上に無愛想で寡黙だが、繁盛しているところを見ると、腕はよいのだろう。

その分、母親のお留は口が立つ。

「お待ちしておりました。さ、どうぞ中へお入りくださいませ」

お留は、道庵とお葉を奥の部屋へと案内した。その部屋で、お光と松太郎は床に臥《ふ》していた。お光の顔色は思った以上に悪く、お葉は心配が募った。

道庵はお光の目と脈を診て、熱があるかどうか確かめてから、問いかけた。

「ちゃんと食べているかい」

「……少しは」

お光には生気が見られず、受け答えするのもきついようで、声も小さい。

お葉はまずは、繁縷《はこべ》の茎と根を煎《せん》じた汁を、お光に飲ませようとした。繁縷は、産後の肥立ちや乳の出に、効き目があるのだ。

だがお光は半身を起こすことも困難で、なかなか飲み込めない。お葉はお光に断り、指で口を少し押し広げ、謙之助に薬を飲ませた時のように、口の端から匙《さじ》で少しずつ流し込んだ。

お光は初めは苦しそうに眉根を寄せていたが、ゆっくりと飲ませると、喉《のど》を通るようになった。

全部飲み終えると、お光は目を微《かす》かに潤ませた。お葉は手ぬぐいで、お光の口元を優しく拭《ぬぐ》った。

お葉は次に、お留に、用意してきた白雪羹《はくせつこう》を見せた。

白雪羹とは、米粉、糯米《もちごめ》の粉、砂糖、蓮《はす》の実などを混ぜて蒸して作る、白い乾菓子だ。落雁《らくがん》の一種だが、落雁とは作り方が少し異なる。脾胃《ひい》を強くする薬菓子とされ、母乳の代用品ともされていた。

口の中に入れると雪のように蕩《とろ》けてしまうことからこの名がついた白雪羹は、砕いて湯に溶かしたものを母乳の代わりとする。

お葉は白雪羹を湯に溶いて、まずはお光に、先ほどと同じようにして、少しずつ飲ませた。それから松太郎に飲ませようと思い、腕に抱いたのだが、お葉は不安を覚えた。

松太郎はあまりに小さく、泣き声もほとんど上げないからだ。手足を微かに動かすものの、弱々しい。

お葉は道庵を見た。道庵は、大丈夫だ、というように頷《うなず》く。お葉は最も小さな匙で、白雪羹を溶いたお湯を、松太郎の口に運んだ。小さな口に入れると、松太郎は唇をもぐもぐと動かしていたが、突然、吐き出してしまった。微かな泣き声が響き、お葉は慌てた。

——どうしよう。

お留がお葉から松太郎を奪い、胸にしかと抱き、強い口調で言った。

「もっと、丁寧にあげてくださらない？」

「はい。気をつけます」

お葉は頭を下げる。今度は道庵が、松太郎に飲ませた。小さな匙で掬《すく》い、舐《な》めさせるように与えてみる。すると松太郎は吐くこともなかった。

「初めての味だったから、なにやら違う感じがして、吐き出しちまったんだろう。慣れれば大丈夫のようだ」

道庵は松太郎を、お葉に渡した。お葉も道庵のように、松太郎に少しずつ、白雪羹を溶いた湯を舐めさせた。松太郎は舐め続け、もっとほしいというように、唇を動かすようになった。

お葉は今度は失敗せずに、松太郎に飲ませることができた。飲みながら手を微かに動かす松太郎は愛らしくて、お葉の顔もほころぶ。

「松太郎ちゃん、元気になってね」

お葉は、松太郎の小さな躰《からだ》が壊れないように気をつけながら、抱き締めた。

二人に飲ませ終わると、お葉は、残りの白雪羹をお留に渡した。いくつか作ってきていたのだ。

「今のようにして、お嫁さんと赤ちゃんに飲ませてあげてください。本当は、お嫁さんにはそのまま食べてほしいのですが、まだ無理のようですので、暫《しばら》くは溶かして飲ませたほうがよいと思います」

「分かりました。ありがとうございます」

お留はお葉に素直に礼を言いつつ、お光を見て舌打ちをした。

「松造がお光と一緒になる時、考え直せって言ったんですけれどね。こんなことなら、もっと丈夫な嫁をもらっておけばよかったですよ」

お光は青褪《あおざ》めた顔で、目を閉じている。道庵がお留にさりげなく告げた。

「まあ、そう言うな。立派な跡取りも産んで、よい嫁さんじゃねえか。大切にしてやりな」

「はあ……まあ、そうですね」

道庵に見据えられ、お留は気の抜けた返事をした。

お葉は白雪羹とともに、繁縷の煎じ薬も、お留に渡した。白雪羹は滋養があるので、それを摂《と》っていればまずは安心と思われた。

道庵はお光のために、十全大補湯《じゅうぜんたいほとう》を処方した。気も血《けつ》も不足した、全身が弱っている人、産後の衰弱が目立つ人に効き目がある。

お葉も手伝い、黄耆《おうぎ》、桂皮《けいひ》、地黄《じおう》、芍薬《しゃくやく》など十種の生薬を併せて作り、それもお留に渡した。よく煎じて、できれば食べる前に飲むように、と。

「ご足労おかけしました」

お留は丁寧に礼をするも、お光をちらと見ては溜息《ためいき》をつく。

帰り際、松造と目が合ったが、やはり軽く会釈をしただけだった。お葉は、何かもやもやとした思いを抱きつつ、道庵とともに衣筒屋を後にした。

診療所に戻ってくると、留守番をしてくれていたお繁も交えて、お光親子のことを話し合った。

「だいぶ衰弱しているが、命には障りはないだろう。だが、あの状態が続くようだと、危ないかもしれねえな」

「赤ちゃん、産まれた時から小さかったですからねえ。お光さんのお乳も、なかなか出なくて」

お繁が溜息をつく。

「あの店は結構繁盛しているようだから、旨《うま》いもんが食えずに滋養が不足しているってことはないと思うがな。子供を産む前から、躰が弱っていたんだろうか」

「確かに、あまり丈夫そうではありませんでした。まあ、あの姑《しゅうとめ》さんが煩《うるさ》そうだから、跡取りを産まなくてはという責任で、苦しかったのかもしれませんね」

二人の話を聞きながら、お葉はぽつりと口にした。

「もしかしたら……お光さんは、お姑さんに、意地悪をされているのではないでしょうか」

道庵とお繁は、お葉を見つめる。お葉は続けた。

「それが辛《つら》くて、お光さんは、お産の後に、よけいに躰が弱ってしまったのかもしれません。お姑さん、もう少し、お光さんに優しくてもいいと思うのですが」

道庵とお繁は顔を見合せる。お葉は、近頃、自分の意見をはっきり言えるようになってきた。二人とも口には出さずとも、お葉の成長が嬉《うれ》しいに違いなかった。

その夜はお繁に手伝ってもらって、鱈鍋《たらなべ》を作って味わった。今朝、鶏が卵を産んでくれたので、それを使って玉子焼きも作った。寒い時季でも小屋を暖め、鶏を大切にしているので、それに応《こた》えてくれるのだ。

それから皆で湯屋へと行き、のんびりと温まり、出たところでお繁とは別れた。湯屋へ行く時はまだ見えていた三日月は、西の空へと沈んでしまったようだ。道庵とお葉は躰が冷えないうちに、急いで戻った。

部屋で一人になると、お葉は息をついた。今宵《こよい》も、お繁からもらった、字の稽古《けいこ》帖《ちょう》を開く。平仮名だけでなく、漢字も読み書きできるようになりたいのだ。齢《よわい》十二で奉公に出たので、お葉には、まだ知らないことがたくさんある。

――しんのぞう、って心ノ臓という字を書くのね。肺ノ臓といい、臓という字は難しいけれど、いかにも躰の中を表しているような字に見えるわ。

そのようなことを考えながら稽古をするといっそう楽しくて、お葉はときめいた。

それが終わると、《医心帖》を取り出して、一日を振り返る。稽古の甲斐《かい》あって、帳面の名はもう漢字で書けるようになっていた。

――お光さんと松太郎ちゃん、元気になってほしい。

松太郎の愛らしさを思い出しつつ、不安が過《よぎ》った。この時代、出産は命がけである。お葉もそのことは重々分かっている。出産の時だけでなく、その後も、決して油断はできないのだ。

――私は産婆のお仕事はまだ手伝ったことがないけれど、いずれその日も来るような気がする。

お葉は、ぼんやりと考える。それに立ち会うのが怖いような気もするが、新しい命が生まれてくることの手助けをしたくも思うのだ。

お葉がこの診療所に身を寄せるようになって三月《みつき》、道庵の手伝いを始めて二月《ふたつき》が経ったが、日々、新しく覚えることの連続だ。

相変わらず失敗することも多くて、思い悩みながらも、お葉はこの仕事に遣《や》り甲斐《がい》を見出《みいだ》している。それに、仕事に夢中になっている時には、来《き》し方《かた》の辛い出来事を忘れることもできた。

――もしかしたら道庵先生とお繁さんは、私によけいなことを思い出させないようにするために、あれやこれやと頼んで、忙しくさせていたのかも。

今になってみれば、そのようにも思う。もしそうならば、確かにそのおかげで、お葉は次第に忘れかけてきているのかもしれない。

浴びせられた酷《ひど》い言葉をふと思い出しても、心が痛まなくなってきたのは、ここに来てから知り合った人たちにもらった言葉が、その傷を癒《いや》してくれたからなのだろう。

――人からぶつけられた言葉の傷を癒すのも、人からもらう言葉なんだわ。

自分も気をつけなければと、言葉の大切さを、帳面に記す。

――お光さんのお姑さんも、もう少し、お嫁さんにいたわりの言葉をかけてもいいのに。

これから数日に一遍、道庵と一緒に衣筒屋に往診にいくことになったので、お光と松太郎を必ず元気にしたいとお葉は心に誓う。

人の手当てをすることは、誠心誠意でその人に向き合うことだと、お葉は深く感じ始めていた。

二

道庵とお葉は、三日おきに衣筒屋に往診にいった。白雪羹や十全大補湯、繁縷《はこべ》などが効いているのか、お光と松太郎の顔色は少しずつよくなってきていた。

お光はお粥《かゆ》なら食べることができるようになったらしく、白雪羹もお湯で少しふやけさせて齧《かじ》っているという。

しかしまだ床に臥《ふ》している状態なので、目は離せない。お葉はお光に顔を近づけ、話しかけた。

「またお薬と白雪羹を持って参りますね」

お光は目をゆっくりと瞬かせた。

「ありがとうございます。……白雪羹、美味《おい》しいです」

微《かす》かだがお光の声が聞けて、お葉は心が温《ぬく》もる。お葉はお光の痩《や》せた肩に、そっと触れた。

「よかったです。ゆっくり休んでくださいね」

お葉が微笑みかけると、お光は小さく頷《うなず》いた。

道庵とお葉が部屋を出ようとすると、お留がまたも溜息をついた。

「ねえ、先生。これほどいろいろなお薬を飲ませているのだから、もっと早く治ってもいいですよねえ」

道庵は聞こえないふりで、ぶすっとしたまま廊下を急ぐ。お葉も薬箱を抱え、後に続いた。

外へ出ると、薄暗くなっていた。藍染川沿いの道を歩きながら、道庵がぽつりと言った。

「お葉、お前、微笑むようになってきたな」

道庵の後ろ姿を眺めながら、お葉は答えた。

「はい。そのほうが、よいと思って」

「そうだな」

振り返らず、道庵は歩いていく。冬の夕暮れ、お葉は白い息を吐きながら、その後を追う。袂《たもと》に忍ばせた温石が、微かな音を立てた。

十三日には、診療所を仕舞った後で、煤祓《すすはら》いをした。江戸ではこの日に大掃除をするのと、決まっているのだ。

煤竹を手に、道庵とお葉はせっせと掃除をした。煤竹とは、葉のついた長い青竹のことだ。それで、天井裏や鴨居の上、柱の上など、手の届かないところの埃《ほこり》を払い落していく。

積もった埃は手強《てごわ》く、診療所も含めてすべての部屋を綺麗《きれい》にするには時間がかかった。

「やっぱり今日、休めばよかったな」

「一日で片付かなければ、明日も続きをしましょうか」

「そうだな。そうするか」

二人は顔を見合せ、息をつく。明日は道庵が家の中の残りを、お葉は裏庭の鶏小屋と小さな納屋を掃除することにして、今日はもう休むことにした。

翌日、お葉は朝から手が空いている時はちょくちょく裏庭に行き、片付けをした。鶏たちをたまには外に出してやるが、薬草が荒らされないよう気をつける。鶏小屋は、道庵とお葉とでまめに掃除しているので、それほど汚れてもいない。

問題は小さな納屋で、ここにはいろいろなものが割と乱雑に詰め込まれているのだ。閉め切ってしまうと暗くて見えなくなるので、戸を半分開けたまま、中に入る。三畳ほどの納屋には棚があり、使わなくなった薬箱や薬器、薬壺《つぼ》などが並べられてある。朱塗りの薬壺などは見目がよく、お葉は暫《しば》し眺めてしまう。本も何冊も置いてあり手に取ってみたかったが、仕事の合間なのでぐっと堪《こら》えて、煤を払う。

納屋には埃が溜《た》まっていたようで、頭の上にぼろぼろと落ちてきて、お葉は噎《む》せた。

棚に並んでいる薬器や薬壺にも埃がかかってしまったので、今度はそれらを手ぬぐいで丁寧に拭《ふ》いていく。

割らないように注意しつつすべて拭き終え、腰を上げた時、狭いところなので、思わずもう一つの棚にぶつかってしまった。

「痛いっ」

お葉が声を漏らした時、ぶつかった棚から、縦十寸（およそ三十センチメートル）、横七寸（およそ二十一センチメートル）ぐらいの箱が落ちた。ばさばさという音がして、中から紙が広がる。お葉は慌てて、紙を拾い集めた。

その紙を眺め、お葉は首を傾げた。すべて絵で、同じ女が描かれていたのだ。

――優しい面差しの、綺麗な人。

どの絵にも、およし、と書かれている。お葉は何かに憑《つ》かれたように、次々に紙を見る。女と一緒に、女の子が描かれているものもあった。女の子だけが描かれているものもある。その子の名は、どうやら、おさよ、のようだ。

名前を記した字に、お葉は見覚えがあった。道庵が書いたものだ。絵も、おそらく道庵が描いたのだろう。

――先生の、亡くなられたお内儀《かみ》さんと娘さんだわ。

お葉の目から、不意に涙が零《こぼ》れた。お葉は、道庵が描いた内儀と娘の絵を抱え、肩を震わせた。

絵の中の二人は、とても美しく、優しげだ。これほどに愛した家族を救えなかった道庵の気持ちを慮《おもんぱか》ると、お葉は胸が締めつけられる。

道庵のことだ、自分の部屋にこのようなものがあると思い出してしまって辛《つら》くて、でも捨てるには忍びなくて、納屋に仕舞い込んでいたのだろう。

――お繁さんがいつか言っていた。道庵先生は、お内儀さんと娘さんを救えなかったことを悔やみ、いっそう仕事に向かうようになった、って。

家族を喪《うしな》った道庵の深い悲しみが分かる一方で、お葉の胸は複雑だった。お葉は心を痛めながらも、道庵にこれほど大切にされていた内儀と娘のことを、羨《うらや》ましいと思ってしまったのだ。

お葉にとって道庵はいわば師匠であるが、意識せずとも時には父親を重ね合わせていただろう。それは道庵も同じで、お葉に、亡くした娘の面影を重ねていたのかもしれない。

道庵と出会って四月《よつき》も経っていないのだから、この絵に描かれた内儀と娘のように愛してもらうことは、今はまだ無理であろうと、お葉は思う。

――でもいつかは先生に、血は繋《つな》がっていなくても娘として、そして弟子として、認めてほしい。

道庵の、亡き家族への愛を目の当たりにして、お葉は自分の気持ちにはっきり気づいたのだ。

――そのためにも、先生のお手伝いを、もっとしっかりできるようにならなければ。

指で涙を拭《ぬぐ》い、心に誓う。

またお葉は、掏摸《すり》の一件で、道庵が喜兵衛を慮って形見の絵を取り戻そうと熱心になった意味も、いっそう分かったような気がした。道庵は、自分と喜兵衛が、どこかで重なり合っていたに違いなかった。

三

お光と松太郎の親子は快復の兆しを見せていたが、師走《しわす》も半ばに差しかかり寒さが厳しくなるにつれ、また衰弱の一途を辿《たど》るようになった。

五回目の往診の時、お光と松太郎はまた元に戻ってしまったかのように、青褪《あおざ》めていた。躰《からだ》に触れるとどちらも冷たく、お葉は胸が痛んだ。

道庵は煎《せん》じ薬《ぐすり》を少し変え、補中益気湯《ほちゆうえつきとう》にした。こちらも様々な疲労や、産後の衰弱に効き目を発する。

お留が道庵に訊《たず》ねた。

「松太郎には、煎じ薬のほうは飲ませてはいけないんですよね」

「生まれて二月経たない赤ん坊には、ちいと早いな。白雪糕を湯に溶いて、そちらをしっかり飲ませてやれ」

お光と松太郎を交互に見つつ、お留は焦《じ》れたように言った。

「先生、どうにか松太郎だけでも助けてください」

お葉は目を見開き、胸に手を当てる。道庵はすぐさま答えた。

「いや、二人とも必ず助ける」

そして道庵は、お留を睨《にら》んだ。しかし、お留は悪びれもしない。

お葉も何か言いかけようとしたが、口を開こうとした時、道庵がお葉の背中に手を当てた。

お葉は道庵を見つめ、口を噤《つぐ》んだ。道庵は、病人の前で言い争いをすることを避けるために、お葉を止めたのだと分かった。

だが、お葉の心の中では、もやもやとした思いは膨らむ一方だった。

帰り際、松造はいつものように、無愛想に会釈をした。道庵は松造に声をかけた。

「お内儀のことで話がある。ちょっと外に出られないか」

松造は顔をゆっくりと上げ、道庵を見やった。

藍染川のほとりで、三人は話をした。松造は寡黙だが、根は悪い男ではないようで、道庵の問いにも丁寧に答えた。松造は、お留がお光にいろいろ言うことには気づいていたが、自分が口を挟むことではないと思い、見て見ぬふりをしていたらしい。

松造は独《ひと》り言《ご》つような、ぼそぼそとした声で話した。

「お父つぁんも根っからの仕事人で、家の中のことや俺のことなどはすべておっ母さんに押しつけていました。お父つぁんはほかに女がいたので、おっ母さんは苦労したとは思います。でも、俺には優しかったんです。傍《はた》から見ると意地悪な姑《しゅうとめ》なのかもしれませんが、俺には大切なおっ母さんなんですよ」

道庵は腕を組みながら、川を見つめる。

「お前さんのおっ母さんは、ご主人の情愛を得られなかった分、お前さんを溺愛《できあい》したんだな。お前さんとおっ母さんは、互いに乳離れ、子離れできていねえんじゃねえか」

松造は険しい目つきで道庵を見るも、納得したように項垂《うなだ》れた。

「そうなのかもしれません」

「おっ母さんと仲がよいのはいいが、甘え合ってはいけねえぜ。嫁さんと子供をもっと大切にしなくちゃな」

「……分かってます。俺は、家を振り返らなかったお父つぁんみたいになりたくなくて、女房と息子を守っていきたいんです。でも、俺、口下手で。思ったことを、女房にも上手《うま》く伝えられなくて。自分でも、もどかしいんです」

口ぶりや態度から、松造は彼の父親とは違って、女房を一途《いちず》に思っていることが伝わってきた。

——だからこそ、お姑さんは、お嫁さんがいっそう憎らしいのかもしれないわ。

嫁のお光のことを真に気の毒だと思いつつ、お葉には姑のお留の気持ちもなにやら分かるような気がした。するとお留も可哀そうに思えてくる。

「お前さんのおっ母さんは、姑との仲はどうだったんだろうな」

道庵の問いかけに、松造は大きく息をついた。

「よくなかったです。おっ母さん、祖母《ばぁ》ちゃんにいびられて、よく泣いてました。嫁に来てから、ずっと虐《いじ》められていたようです」

お留はお留で、姑のいびり、夫の浮気と、苦労が絶えなかったのだろう。

「そのことについて、お父つぁんは無関心だったのかい」

「はい。我関せずで、いつも外に遊びに出ていってしまうんです」

「お父つぁんのそういうところ、嫌だったんじゃねえか」

「はい。お父つぁんも、祖父《じい》ちゃんも我関せずで、だからおっ母さんには俺しか縋《すが》る人がいなかったんです」

道庵は松造を見やった。

「話は分かったぜ。でもよ、いくらおっ母さんが大切だ、口下手だと言っても、少しぐらい注意してやってもいいんじゃねえかな。お光はかなり弱っていて、このまま だと取り返しがつかなくなるかもしれねえんだぜ。お前さん、ちっともあの部屋に顔を見せないが、女房をちゃんと励ましてやっているのかい？」

松造は苦渋の面持ちで、声を絞り出した。

「一日に一度は、様子を見にいっています。……でも、なにやら怖くて」

「何が怖いんですか」

お葉が思わず訊ねると、松造は眉根《まゆね》を寄せた。

「母子ともに弱っている姿を見るのが、怖いんです。もしや、万一、と思うと」

すると道庵が声を響かせた。

「ならばよけい、励ましてやればいいじゃねえか。いいか、女房と赤子が頼りにできるのは、お前さんだけなんだ。姑ではねえ、お前さんなんだ。そのお前さんが、そんなことではどうする」

「はい……」

項垂れる松造を見つめながら、お葉にはその気持ちも少し分かった。お葉も、両親が病に罹《かか》って日に日に衰弱していく姿を見るのが、とてつもなく怖かったからだ。

だが、それでもお葉は、最期まで看取《みと》った。大切な人の死を目の当たりにすることは、それは苦しかった。その時の、心が凍りつくような思いを、お葉は今でも忘れていない。

松造の気持ちも分かったうえで、お葉は口を出した。言わずにはいられなかったのだ。

「お光さんも赤ちゃんも、松造さんがお顔を見せて微笑みかけてあげるだけで、励まされると思います。話しかけてあげれば、いっそう」

松造は頷《うなず》く。強い風が吹き、吊《つ》るされた藍染めの反物が翻る。お葉は半纏《はんてん》に首を埋《うず》めた。

二十一日になり、お葉は道庵の使いで、神田明神へと向かった。雪が降りそうなほどに寒いが、雲一つない晴れた日だ。

昌平橋を渡って同朋町《どうぼうちょう》のほうへと進むと、見えてくる。神田明神といえば、大黒《だいこく》天《てん》、恵比寿《えびす》天《てん》、平将門《たいらのまさかど》を祀《まつ》る、江戸の総鎮守である。

入口の近くに立つ松の木を通り過ぎ、多くの人たちで賑《にぎ》わう中、御神木の銀杏《いちょう》の木が立ち並ぶ参道を真っすぐ進む。お葉はまずは朱塗りの拝殿の鈴を鳴らして、お詣《まい》りをした。

自分だけでなく、道庵やお繁の健康、患者たちの快復、こちらに来て知り合った皆の幸せを願う。

目を開けると、穏やかな光が見えたようで、お葉の面持ちも和らいだ。

今日はここで、歳の市が開かれるのだ。歳の市では、門松や注連飾《しめかざ》り、盆栽、若水桶《わかみずおけ》、破魔矢《はまや》などが売られる。来年の干支《えと》は甲申《きのえさる》なので、申の置物や羽子板もたくさん売られている。小屋掛けの店を眺めて回るのは、楽しかった。

道庵に頼まれた、注連飾りや干支の置物、盆栽、破魔矢などを買って、来た道を戻っていった。盆栽は好きなものを選んでいいと言われたので、松竹梅の寄せ植えにした。竹というよりは笹《ささ》だが、その三つが揃うと、やはり正月の飾りには相応《ふさわ》しい。

お葉は今日も白い小袖《こそで》に藍色《あいいろ》の半纏の姿で、風呂敷《ふろしき》を持って道を急ぐ。

「あら、お葉ちゃん、こんにちは。お使いにいっていたの」

絵草紙屋の前を通る時、内儀のお秋《あき》が声をかけてきた。近頃、たまに店を訪れるので、お秋ともすっかり顔見知りだ。

「神田明神の歳の市に行ってきました」

「あら、混んでいたでしょう」

「はい。でも活気があって楽しかったです」

「それはよかった。あ、そうだ。……ちょっと待ってて」

お秋は奥のほうへと行き、赤い表紙の本を五冊ほど持ってきた。

「これ、この一年売れずに残っていたもので、どれも端っこが折れたり、ちょっと破けちゃったりしているの。それでもよければ、お葉ちゃん、もらってくれる?」

お秋が差し出した本を見て、お葉は目を丸くした。赤本または赤表紙と呼ばれる本は、昔話や御伽草子《おとぎ》、説話を継承したものや、歌謡、武勇譚《たん》などで、子供向けとされるが大人の読者も多い。それほど難しくは書かれていないので、お葉でもどうにか読めると思われた。絵を眺めているだけでも楽しいだろう。

「え、本当にいただいてもいいんですか」

「もちろんよ。処分しようと思っていたところだから、受け取ってもらえると嬉《うれ》しいな」

「ならば、ありがたくいただきます!」

お葉は微《かす》かに震える手で、赤表紙五冊を受け取った。御伽草子が三冊、歌謡が一冊、言葉遊びが一冊。それを大切に胸に抱え、もう片方の手で破魔矢などが入った風呂敷包みを持ち、お秋に何度も礼を言って、お葉は診療所へ帰っていった。

「ただいま戻りました」

黒塗りの格子戸をがらがらと開けて中へ入ると、料理屋の女将《おかみ》の志乃の姿があった。志乃は相変わらず艶《なま》めかしい笑みを浮かべている。お葉が会釈をすると、志乃は弾む声を出した。

「お葉ちゃん、よかったら食べて。鰻《うなぎ》が手に入ったから、お裾分《すそわ》け」

「え、本当ですか。ありがとうございます」

鰻は高価なため、なかなか食べられないので、素直に嬉しい。

「喜んでもらえて、よかったわ」

志乃は微笑んだ後で、紅《あか》い唇を尖《とが》らせた。

「帰ってくるの、もう少し遅くてもよかったのに」

志乃に流し目を送られ、道庵が咳払《せきばら》いをする。お葉は察知し、頭を下げた。

「お邪魔して、ごめんなさい」

そして速やかに診療部屋を横切り、居間へと向かった。志乃の陽気な笑い声が響いてくる。

「謝られちゃったわ。お葉ちゃんって擦れてなくて、本当に可愛いわねえ」

それを聞きながら、お葉は頰を膨らませた。

――今日は少し暇だからいいけれど、先生だってお忙しいのよ。具合が悪くもないのに来て、居座ったりするのって、どうなのかしら。

そのような文句が込み上げてくるも、お葉は思い直す。

――まあ、鰻を持ってきてくれたのだから、少しは大目に見ましょうか。

志乃は相変わらず道庵に色目を使っているが、道庵は別に靡《なび》いているようではないことを、お葉も分かっていた。

道庵に頼まれて買ってきたものを居間に置き、赤表紙を持って、お葉は自分の部屋へと行った。志乃のやけに明るい声は、まだ聞こえてくる。お葉は溜息《ためいき》をつきつつ、赤表紙をぱらぱらと捲《めく》った。

――お仕事が終わったら、たっぷり楽しもう。

夜が来るのが、今から楽しみだった。

診療所を仕舞うと、志乃が持ってきてくれた鰻の蒲焼《かばや》きを道庵と一緒に食べた。蒲焼きのほかは、玄米に粟《あわ》や稗《ひえ》や麦を混ぜた雑穀ご飯、大根の味噌汁《みそしる》、大根と柚子の皮の浅漬けだ。蒲焼き以外は、お葉が作った。居間の中、膳《ぜん》を挟んで、道庵と向かい合う。

「蒲焼きに、山葵《わさび》を添えたのか」

「はい。山葵は白焼きだけでなく、蒲焼きにも合うように思います。昔、そうして食べたことがありました。鰻なんて、滅多に食べられませんでしたが」

道庵は山葵を載せた鰻を味わい、目を細める。雑穀ご飯を食べ、浅漬けをしゃきしゃきと齧《かじ》った。

「これ、旨《うま》いな。柚子が利いてるぜ」

「よかったです」

大根も柚子も、どちらも躰《からだ》によく、大根は脂っこいものの消化を助ける。

以前は、夕餉《ゆうげ》の際、お繁がいる時は別として、道庵とお葉の二人の時はともに口数が少なかった。だが近頃は、少しずつ話をするように変わってきている。

たれが浸《し》み込んだ蒲焼きを味わいながら、お葉はぽつりと訊《たず》ねた。

「お志乃さんのお店にはいらっしゃらないのですか」

「うむ。前はたまに行ってたが、忙しいしな」

道庵は味噌汁を啜《すす》りながら答える。お葉は道庵を見つめた。

「お志乃さん、先生にいらしてほしいのではないでしょうか。私には、ご遠慮なく」

「別に遠慮してねえよ。それともお前も一緒に、お志乃の店に食べにいくか」

「え……。でも、私、料理屋さんなどあまり行ったことがありません」

「だから一緒に行ってみればいいじゃねえか」

お葉は言いかけて、口を噤《つぐ》んだ。私がいると邪魔なのでは、そう言おうとしたのだ。道庵は浅漬けを齧り、息をついた。

「年が明けたら、連れていく。蕎麦《そば》や饂飩《うどん》がなかなか旨いんだ」

「楽しみです」

お葉は小さく頷《うなず》いた。

二人とも食べ終え、お茶を啜った。静かな部屋、行灯《あんどん》の灯りが揺れている。火鉢にくべた炭が、夕焼けのような色に燃えていた。

「お光さんと松太郎ちゃん、早くよくなるといいですね」

「うむ。……この寒さだからなあ。でも、まあ、大丈夫だろう。松造にもこの間、言ったからな」

「お光さんのこと支えてあげてほしいです」

風がある夜、雨戸が音を立てる。お葉は障子窓をそっと見やった。

寝る前、お葉は胸をときめかせながら、お秋からもらった赤表紙を読み始めた。まずは《枯木に花咲かせ爺《じい》》だ。小さい頃に母親によく読んでもらったから、話の内容は知っている。だが詳しい筋は忘れてしまっていたので、なにやら新鮮だ。なにより絵に描かれた犬が可愛くて、お葉は顔をほころばせる。その犬が、隣の意地悪な老夫婦に殺されてしまうところで、思わず涙した。

その後、優しい老夫婦の犬への供養、その気持ちに応《こた》えるかのような犬の恩返しに、また胸が熱くなる。優しい老夫婦には花が咲いて幸せが訪れ、隣の意地悪な老夫婦は結局、罰せられることになって物語は終わる。

分からない字がありながらも、絵のおかげで、中身を充分把握して読み終えることができた。

――天網恢恢《てんもうかいかい》疎にして漏らさず、ね。お父つぁんがよく口にしていたわ。天はやはり悪を見逃さない、悪いことをすればいつか天罰が下るのよ。改めて読んでみて、なんて胸がすき、心が温まるお話なのかしら。現実の世も、こうであってほしい。

お葉は笑みを浮かべながら、思う。本はやはり素敵なものだと。ほのぼのしたり、悲しんだり、喜んだり、教えを得たり、それが一冊でできるのだから。

お葉はもう一度初めから、読み直し始めた。物語の優しい老夫婦に憧《あこが》れつつ、分からない字は帳面に書き留めておく。道庵もしくはお繁に、後から教えてもらうつもりだった。

診療所の仕事納めは三十日で、仕事始めは三日だが、急患の場合はいつでも受け入れるようだ。

人の生死に関わる仕事をしていると、常に気を張っていなければならないが、お葉にはそれも苦ではない。年末年始の休みは正味三日であるが、道庵やお繁と一緒に薬を作ることで明け暮れそうだ。そろそろ丸薬の作り方を教えてくれるというので、お葉は楽しみだった。

道庵は、年が明けたら、お葉の両親の墓参りに行こうとも言っている。菩提寺《ぼだいじ》は巣鴨なのでここからは少し遠いが、道庵は連れていくつもりのようだ。お葉は、そこまでしてもらってはと恐縮しつつも、いつかまた両親の墓前で手を合わせられる日が来ることを、願っていた。

四

大晦日《おおみそか》が近づいてきた、小雪の降る日。朝餉の後で、お葉は道庵に包みを渡した。

「お世話になっている、お礼です。ささやかなものですが、受け取っていただけますか」

声が思わず上擦ってしまう。道庵はゆっくりと手を伸ばし、水色の包みを受け取った。お葉はうつむき、唇を噛《か》み締める。道庵は包みを開け、顔をほころばせた。

「これは……眼鏡拭《ふ》きと、眼鏡入れかい」

「はい。私が作ったので、お粗末なものですが」

道庵に何を贈ればよいか、お葉はずっと考えていたのだ。その挙句に、出した答えだった。巾着《きんちゃく》袋の形の眼鏡入れと、眼鏡拭き。道庵は眼鏡を容《い》れ物に仕舞っているので、その容れ物を入れる巾着袋である。

この二つにしようと心を決めると、近くの太物問屋へと走り、端切れを何枚か買った。道庵の眼鏡は青みを帯びた黒なので、眼鏡入れなどには紺や藍色《あいいろ》が相応《ふさわ》しいと思い、そのような彩りの端切れを縫い合わせ、夜なべして作ったのだ。

道庵は、お葉が縫った眼鏡入れと眼鏡拭きを眺め、声を響かせた。

「お葉、ありがとう。これから大切に使わせてもらうぜ」

お葉の顔がぱっと明るくなる。道庵の笑顔と言葉が嬉《うれ》しくて、目が潤みかけた。

雪の音が聞こえてきそうな、静かな冬の朝。道庵とお葉は向かい合い、湯気の立つお茶をゆっくりと味わった。

小雪は、夜になっても降り続いていた。五つ（午後八時）過ぎ、診療所の板戸が叩《たた》かれた。

「すみません！　急ぎの者です」

叫ぶ声が聞こえてくる。診療所はもう仕舞っていたが、奥の部屋で、お葉はお繁に薬の作り方を教わっていた。

お繁が出ていこうとすると、道庵がやってきて、先に土間に出た。格子戸を開け、板戸を少し開くと、見覚えのある顔の男が立っていた。衣笥屋の手代だ。その者は頭を下げた。

「夜分に恐れ入ります。お内儀様と松太郎坊ちゃんの様子が急に変わりましたので、今から来ていただけませんか」

お葉も顔色を変えて、奥の部屋から出ていく。道庵は手代に頷いた。

「分かった。すぐ行く」

お繁もついていくことになり、三人は顔を強張《こわば》らせ、衣笥屋が用意してくれた駕《か》籠《ご》に乗り込んだ。駕籠に揺られながら、お葉はずっと胸を手で押えていた。

──どうか、お光さんと松太郎ちゃんが無事でありますように。

そう必死に祈りながら。


衣筒屋に着くと、お留が待ち構えていて、お葉たちはすぐに中に通された。奥の部屋には松造の姿もあった。片隅で、背中を丸めて座っている。

部屋の真ん中で、お光と松太郎は臥《ふ》していた。お光の息は上がり、額から汗を噴き出して、苦しそうだ。松太郎もぐったりとして、身動き一つしない。

道庵は跪《ひざまず》き、二人を診る。

「ともに熱が高いな。この前来た時はそうでもなかったが、風邪気味だったのかい」

「昨日から少し咳《せき》をしていましたが、変わった様子はありませんでした。今日の夕方頃から急に苦しみ始めたんです」

「今日は朝から雪だったからな。寒さが応えたのかもしれねえ」

道庵が苦々しい面持ちで言う。

お葉は急に怖くなり、震えてしまった。目に涙が滲《にじ》んできて、薬箱を落としそうになる。

お繁はお葉の手を握り、小声で怒った。

「私たちがしっかりしなくて、どうするんだい。二人とも熱が高いから、早く水を汲《く》んできて、手ぬぐいで汗を拭《ぬぐ》って、額を冷やすこと」

「はい」

お繁に手を強く摑《つか》まれたせいか、震えが止まる。お葉は直ちに動いた。部屋の近くで様子を窺《うかが》っていた手代に告げ、水を張った盥《たらい》を用意してもらい、手ぬぐいともにそれを運んだ。

まずは乾いた手ぬぐいで、お葉はお光の、お繁は松太郎の躰《からだ》を優しく拭いた。お光の躰は冷え切っているのに、額は酷《ひど》く熱い。お繁は慣れた手つきで松太郎を看《み》るも、顔はやはり強張っていた。

それから水で濡《ぬ》らして絞った手ぬぐいを、お光の額に当てた。お留に頼んで鋏《はさみ》を持ってきてもらい、手ぬぐいを小さく切ったものを、松太郎には使った。

道庵は熱を下げるための薬を作り始める。汗をかいて悪寒を伴う種類の熱で、躰が弱っている者たちに用いるので、葛根湯《かっこんとう》などではなく、桂枝湯《けいしとう》にする。桂皮《けいひ》、芍薬《しゃくやく》、大棗《たいそう》、甘草《かんぞう》、生姜《しょうきょう》の五種の生薬を、道庵は手際よく併せる。

お葉はお留に言って台所を貸してもらい、その薬を煎《せん》じて、湯呑《ゆの》みに入れて持って戻った。

お光へはお葉が、松太郎にはお繁が薬を与えた。松太郎には注意し、水で薄めたものを飲ませる。道庵は、赤子に薬はあまり用いたくはなかったが、熱が高いので苦渋の判断だった。

しかし、お光はしっかり飲み込むことができず、口を押し開いて匙《さじ》で入れても、口の端から漏れてきてしまう。それでもお葉は、どうにか飲ませたくて、何度も繰り返した。

お繁は、松太郎には舐《な》めさせるように与えたが、やはり味が嫌なのか、顔を背けてしまう。無理に舐めさせようとすると、小さな顔を歪《ゆが》ませ、呻《うめ》き声のような泣き声を微《かす》かに漏らす。もう泣く力も残っていないのだろう。

お留と松造は、はらはらした面持ちで、二人を見守っている。

いつもの十全大補湯や、白雪羹をお湯に溶いたものを飲ませようとしても、駄目だった。お光も松太郎も、せいぜい舐めるぐらいで、すぐに顔を背けてしまう。

道庵は二人の脈と瞳孔《どうこう》を診て、松造とお留に告げた。

「今夜が山だ。これを乗り越えられれば、助かる見込みはある」

お留と松造の顔が青褪《あおざ》める。お留は膝《ひざ》を乗り出し、道庵に頼んだ。

「先生、どうにか松太郎だけでも助けてください。お願いです。松太郎が助かるのならば、いくらでも薬礼をお支払いしますので」

すると、お繁がびしっと声を響かせた。

「あんたがそうだから、お嫁さんはよくならないんじゃないか。いい加減におし！」

部屋が静まり返る。お繁は背筋を伸ばしたまま、続けた。

「話は聞いたよ。あんた、自分もお姑《しゅうとめ》さんにさんざんいびられたそうだね。だからお嫁さんにも、自分がやられたことと同じことをしていたって訳かい。自分と同じ苦しみを味わわせて、溜飲《りゅういん》を下げていたってことかい。そんなことをしたって、何にもならないじゃないか。現にお嫁さんだけじゃなくて、赤子も弱ってしまっているだろうよ」

お留は唇を噛《か》み締めたまま、何も言い返せない。お葉は、お光の顔を眺めた。初めてお光を手当てした時のことを思い出す。白雪羹を飲ませてあげると、お光は薄目を開け、微かな笑みを浮かべて、口を動かしたのだ。ありがとう、と。その時、お光はとても優しい顔をしていた。

お葉の口から、不意に言葉が漏れた。

「私も、いけないと思います。自分がされて辛《つら》かったことと同じことを、ほかの人にしては」

皆の目がお葉に集まる。お葉の言葉は止まらなかった。

「私も、前の奉公先で、意地悪をされたことがありました。それで今、お繁さんのお話を聞きながら、考えたんです。果たして私は、自分が虐《いじ》められたことと同じことを、この先ほかの人にするだろうか、って。……答えはすぐに見つかりました。私はそのようなことは、絶対にしません。だって、自分で止めなければ、悲しい思いが、ずっと続いていくことになってしまいますから。誰かで止めなければいけないんです、きっと」

静まり返った部屋の中、道庵とお繁はお葉を見つめる。お葉が自分の考えを、それもほかの者たちがいる前で、ここまではっきり言ったのは初めてだったので、驚いたのだろう。

お留と松造も項垂《うなだ》れてしまった。

その時、お光の手が微かに動き、お葉の膝に触れた。お葉はその手を、そっと握り締める。お葉が手をさすっていると、お光の目が開いた。その目は、ありがとうと、語っているようだった。

お葉は不意に、釣舟の上で聞いた、道庵の言葉を思い出した。

——医者にとって一番大切なのは、患者の気持ちになって、患者を診るってことなんだ。

お葉はお光の冷たい手を、温めるように撫《な》でる。お光の面持ちは、微かに穏やかになっていた。

——私も少しは、お光さんの気持ちに寄り添えたのかな。先生が仰《おつしや》っていたことが、少しだけれど、できるようになってきたのかな。

お葉は胸を熱くしながら、手に力を籠《こ》めて、お光を励まし続ける。

二人は薬を飲み込むこともできない状態なので、後は祈るしかなかった。お留と松造には、部屋を絶えず暖めてもらうよう、頼んだ。

九つ（午前〇時）を告げる鐘の音が聞こえた時、お繁が道庵に言った。

「私とお葉で看ていますので、先生は少し休んでください。何かあったら起こしますので」

すると道庵は怖い面持ちで、首を大きく横に振った。

「俺だけ寝ている訳にはいかねえ。よけいな気を遣うな」

「はい。申し訳ありません」

お繁は姿勢を正し、道庵に謝る。道庵はいつものように冷静に見えるが、お光と松太郎をどうしても助けたいという思いに満ちていることが伝わってくる。

お葉はお光の手を握りつつ、松造に告げた。

「松造さんも、片方の手をさすってください」

照れているのかぐずぐずしている松造に、お繁が厳しい口調で言った。

「あんたの女房だろう。しっかりしなさいよ」

松造は項垂れつつ、お光にいざり寄り、片方の手を握った。すると、抑えていた思いが迸《ほとばし》ったのだろうか、松造は、お葉が初めて聞くような、大きな声を上げた。

「お光、元気になれ。俺を置いていかねえでくれよ。お前は俺の、大切な……大切な、かみさんなんだからよ」

松造の言葉は、お葉の胸に響いた。口下手な松造だからこそ、紛《まが》いもない心の叫びだと思えたからだ。

お光は再び目を開け、松造を見つめ、そっと頷《うなず》いた。お葉は感じた。お光の手がだいぶ温まってきていることを。

お留はすっかりおとなしくなり、皆で、二人を見守り続けた。

道庵が不意に眼鏡を外し、懐から眼鏡拭《ふ》きを取り出して、磨き始めた。それは、お葉が今朝贈ったものだ。道庵は泰然としているように見えながら、心を落ち着かせようとしていることが、お葉には分かった。お葉が紺色の端切れで作った眼鏡拭きが、道庵の眼鏡の曇りを消し去ってゆく。

八つ（午前二時）頃に、お光と松太郎はともに急に体温が下がり、息が少なくなって、反応を見せなくなった。

お葉は恐ろしかったが、ひたすら祈り続けた。

──助かりますように、助かりますように。お光さんはようやくこれから松造さんと真の夫婦になれて、松太郎ちゃんは優しいご両親のもとでいろいろな喜びを知っていくのですから。

お葉は思いを籠めて、お光と松太郎の手をさする。自分の命を分けてあげるつもりで、二人の躰《からだ》に手を触れる。

祈り続けていたのは、誰も同じだったであろう。一睡もせずに手当てを続けていると、六つ過ぎ頃、お光は目を開けた。松太郎も小さな躰を、動かし始めた。まだ弱々しいものであったが、松太郎の泣く声が、部屋に響いた。

──助かった。

お葉の目から涙が溢《あふ》れる。お繁はお葉の頭を撫でた。

「よくやったね」

お葉は頷くも、涙が止まらない。道庵はお葉の肩に、そっと手を触れた。

お葉たちは二人の様子を見ながら、昼頃まで衣筒屋にいた。お光と松太郎は落ち着いていて、徐々に快復していくだろうと思われた。

お繁とお葉の女二人にびしっと言われたのが効いたのか、お留はすっかりおとなしくなっている。

お葉は帰り際に、お留にいつもの薬と白雪羹と、枸杞《くこ》の実の蜂蜜《はちみつ》漬けを渡した。

枸杞の実は、産後の肥立ちや母乳の出にも効き目がある。次の往診の時に渡そうと用意していたものを、昨夜慌てて持ってきたのだった。蜂蜜漬けには、傷まぬように南天の葉も添えてある。南天の葉には、防腐の効果もあるからだ。

「お光さんが召し上がれるようになったら、是非、食べさせてください。蜂蜜漬けの枸杞の実は、甘くてとても美味《おい》しいので」

「はい。そういたします。ありがとうございます」

お留は殊勝に、お葉に礼を言った。松造は付ききっきりで、女房と息子に寄り添っているようだ。

外へ出ると、雪はもう止んでいた。寒いけれども、青空が広がっている。診療所へと帰る道、三人は疲れ切っていたが、満ち足りた気持ちだった。

「あの夫婦、これからは上手《うま》くやっていくだろうな」

「おとなしかった息子が、あれだけはっきり女房への思いを言ったんですもの。姑《しゅうとめ》も考えますでしょうよ」

道庵とお繁の後を、お葉は薬箱を抱えてついていく。

生死に関わる治療を乗り越え、お葉の思いはいっそう固まっていた。帰ったら、医心帖《ちょう》にも書き留めるつもりだ。

――私はこれからも、人の命を救いたい。人の躰と心を救いたい。

今のお葉には、それこそが、病から救うことができなかった両親に対する、手向けとも思われた。また、自分を救ってくれた道庵やお繁の恩に報いることでもある、と。

人の命、人の躰と心を救うなど、そのような大それたことが自分にできるのかという不安もあるが、志は高いほうがよいのではないかと思い直す。

お葉にはもう、道庵の仕事を手伝っていくことに、迷いはなかった。いくら失敗しても、叱られても、必ず立ち直り、やり遂げてみせると心に決める。

お葉は辛《つら》い目に遭い、人を信じられなくなってしまっていた。道庵やお繁の優しさに触れても、信じられるかどうかを疑った。裏切られることを恐れていた。

だが、二人の背中を見つめながら、今、お葉は切に思う。

傷つくことなど怖がらずに、この人たちを信じてみたい、信じよう、と。

お葉は顔いっぱいに笑みを浮かべ、近くに流れる藍染川を眺める。紺屋たちに使われ、藍が溶け出た川は決して澄み切っているとは言えないが、お葉の目には、今日の空のように清々《すがすが》しく映った。

終章

大晦日《おおみそか》は、朝から群青色の空が広がっていた。昨日が仕事納めだったので、一年の疲れが出たのだろうか、道庵は五つ（午前八時）を過ぎても起きてこない。

――たまにはゆっくり休んでもらいましょう。

お葉は道庵を寝かせておくことにして、一人で朝餉《あさげ》を済ませると、裏庭の手入れに励んだ。薬草たちに適度に水遣《や》りをして、鶏に餌を与え、井戸から水を汲《く》んで洗濯にも精を出す。

洗濯物を干し終えると、中に戻り、道庵を起こさぬように、音をなるべく立てずに掃除を始めた。それが済む頃にお繁が手伝いにきてくれて、お葉は正月に食べる料理を作った。

まずは栗金団《くりきんとん》。栗と薩摩芋《さつまいも》を使って作り、山梔子《さんしし》で色づけする。山梔子とは梔子《くちなし》の実のことで、不眠や苛立《いらだ》ち、のぼせなどに効き目がある。

次は、黒豆と棗《なつめ》の煮物。棗を乾燥させた、生薬である大棗《たいそう》を用いる。棗は楊貴妃《ようきひ》も好んで食べたといわれ、美や不老にも効き目があることで知られている。

片口鰯《かたくちいわし》を使う田作りには、道庵が好きな山椒《さんしょう》の実も加えた。

すると美味しそうな匂いで目が覚めたのか、道庵が寝間着に半纏《はんてん》を羽織って、台所へ顔を出した。

「おう、おはよう」

寝惚《ねぼ》け眼を指で擦《こす》る道庵を眺め、お葉とお繁は顔を見合せた。

「先生、もう八つ（午後二時）近いですよ」

「おはよう、ではなく、こんにちは、の刻《とき》です」

女二人に睨《にら》まれ、道庵は首を竦《すく》める。

「お前ら……厳しいのう」

台所に笑いが起きた。


道庵はお茶漬けで遅い昼餉を済ませると、酒と煎餅《せんべい》を買いに外へ出た。その間に、お葉とお繁は煮しめを作る。焼豆腐、里芋、牛蒡《ごぼう》、人参《にんじん》、慈姑《くわい》を使った煮しめは、道庵の好物だ。

「これでお正月に食べるものの用意はできたね。雑煮はその時に作ればいいし」

る。

「あとは年越しのお蕎麦《そば》ですね」

お葉とお繁は微笑み合う。お繁曰《いわ》く、道庵は蕎麦打ちが得手なので、任せておけば大丈夫とのことだ。その代わり、せめて汁はちゃんと作ろうと、早めに取りかかる。


冬の日差しが入り込む台所の中、湯気が立ち上る。お葉は料理をする手をふと休め、小さな窓に目をやった。ごくありふれた、穏やかな大晦日。でもお葉は、このような大晦日を迎えられたことが、涙が出そうなほどに嬉《うれ》しい。一年の最後の日に、これほど安らかな心持ちでいられるのは、久方ぶりだったからだ。


道庵が帰ってくると、三人で湯屋へと赴いた。ゆっくりと湯に浸《つ》かり、一年の疲れを洗い流す。湯屋を出る時には、薄暗くなっていた。月はないが、星がちらほらと見える。夜空を眺めながら、お葉が不意に言った。

「お澄ちゃん、元気になって、本当によかったですね」

昨日、母親のお久に連れられ、お澄が診療所に来たのだ。お久は、今年は本当にお世話になりましたと改めて礼を述べ、切《き》り餅《もち》を差し入れしてくれた。お澄の肌は好調で、すっかり明るさを取り戻していて、お葉は安堵《あんど》したものだ。

道庵とお繁は頷《うなず》いた。

「治ってからも慕ってくれるってのは、嬉しいもんだよな」

「励みになりますよねえ」

しみじみとしながら診療所に戻り、一息つくと、道庵は蕎麦を打ち始めた。その鮮やかな手さばきにお葉が目を瞠《みは》っていると、診療所の板戸を叩《たた》く音が聞こえた。

お繁が慌てて出ていくと、同心の謙之助が手土産を持って立っていた。目を丸くするお繁に、謙之助は頭を搔《か》いた。

「年末年始を両親と一緒に過ごそうと思っていたのだが、二人で箱根《はこね》に湯治にいってしまったんだよ」

「では私たちと一緒に、お過ごしになればよろしいではありませんか」

お繁は微笑んで、謙之助を中に通した。

そうこうしているうちに蕎麦ができあがり、居間の中、四人で炬燵《こたつ》にあたりながら味わった。大きな鰤《ぶり》の切り身と、たっぷりの葱《ねぎ》、大根おろしが載った、生姜《しょうが》の香りが漂う蕎麦に、皆の顔がほころぶ。

熱々の蕎麦を手繰りながら、道庵が謙之助に言った。

「勘太ですが、あれから肩の治療に来ましたんで、按摩《あんま》と鍼灸《しんきゅう》で治してやりましたよ」

「そうか。私からも礼を言うぞ。……しかし、あいつもやはりここを慕っているのだな。まあ、その気持ちも分からなくはない。なんとも居心地がよいからな」

居間に笑い声が響く。蕎麦を食べ終えると、道庵たちは酒を、お葉はお茶を味わった。傍らには、蜜柑《みかん》を盛った笊《ざる》が置いてある。

肌寒い大晦日の夜でも、お葉の心は芯《しん》まで温《ぬく》もっていた。

――いろいろなことがあったけれど、生きていて本当によかったな。

お葉は、道庵たちを眺めながら、素直にそう思う。除夜の鐘が聞こえてきて、四人とも耳を澄ました。

「今年も暮れていきますねえ。なんだかんだと、よい年でしたよ」

お繁の言葉に、道庵と謙之助、そしてお葉も頷く。

お葉は胸にそっと手を当て、静かに祈った。

来年もよい年でありますように。懸命に生きようとする誰もに、幸せが訪れますように、と。

本書は書き下ろしです。

お葉《よう》の医《い》心《しん》帖《ちよう》

有馬《ありま》美季子《みきこ》

令和5年 11月25日　初版発行

発行者●山下直久

発行●株式会社KADOKAWA
〒102-8177　東京都千代田区富士見2-13-3
電話　0570-002-301（ナビダイヤル）

角川文庫 23908

印刷所●株式会社暁印刷
製本所●本間製本株式会社

表紙画●和田三造

●お問い合わせ
https://www.kadokawa.co.jp/（「お問い合わせ」へお進みください）
※内容によっては、お答えできない場合があります。
※サポートは日本国内のみとさせていただきます。
※Japanese text only

ISBN 978-4-04-114096-3　C0193

◇◇◇

角川文庫発刊に際して

角川源義

第二次世界大戦の敗北は、軍事力の敗北であった以上に、私たちの若い文化力の敗退であった。私たちの文化が戦争に対して如何に無力であり、単なるあだ花に過ぎなかったかを、私たちは身を以て体験し痛感した。西洋近代文化の摂取にとって、明治以後八十年の歳月は決して短かすぎたとは言えない。にもかかわらず、近代文化の伝統を確立し、自由な批判と柔軟な良識に富む文化層として自らを形成することに私たちは失敗して来た。そしてこれは、各層への文化の普及滲透を任務とする出版人の責任でもあった。

一九四五年以来、私たちは再び振出しに戻り、第一歩から踏み出すことを余儀なくされた。これは大きな不幸ではあるが、反面、これまでの混沌・未熟・歪曲の中にあった我が国の文化に秩序と確たる基礎を齎らすためには絶好の機会でもある。角川書店は、このような祖国の文化的危機にあたり、微力をも顧みず再建の礎石たるべき抱負と決意とをもって出発したが、ここに創立以来の念願を果すべく角川文庫を発刊する。これまで刊行されたあらゆる全集叢書文庫類の長所と短所とを検討し、古今東西の不朽の典籍を、良心的編集のもとに、廉価に、そして書架にふさわしい美本として、多くのひとびとに提供しようとする。しかし私たちは徒らに百科全書的な知識のジレッタントを作ることを目的とせず、あくまで祖国の文化に秩序と再建への道を示し、この文庫を角川書店の栄ある事業として、今後永久に継続発展せしめ、学芸と教養との殿堂として大成せんことを期したい。多くの読書子の愛情ある忠言と支持とによって、この希望と抱負とを完遂せしめられんことを願う。

一九四九年五月三日